VERLAG ANTJE
KUNSTMANN

YAVUZ EKINCI

Der Tag, an dem ein Mann vom Berg Amar kam

Aus dem Türkischen
von Oliver Kontny

Verlag Antje Kunstmann

Für Mirza Ali

Da kam ein Mann vom äußersten Ende der Stadt angelaufen. Er sagte: »O Moses, die Vornehmen beraten sich gegen dich, um dich zu töten. Darum mache dich fort; denn ich rate dir gut.«

(Sure Qasas, Vers 20)

Vom Berge Amar her kam ein Mann ins Dorf gerannt.

Einer von jenen Tagen

Der Schatten eines Adlers mit ausgebreiteten Flügeln und vorgerecktem Haupt glitt vom Berge Amar her über die Felswände, über sonnenerhitzte Steine, über Eichenbäume, verdorrte Gräser, hochgeschossenes Geäst, sattgrünes Blattwerk und fiel auf den Stutenkopffelsen. Sobald sie des Adlerschattens gewahr wurden, hoben Vögel zum Flug an, verkrochen sich Schlangen in Felsritzen, Hasen ins Dickicht, Eichhörnchen in Baumhöhlen, Mäuse in ihre unterirdischen Bauten, Eidechsen unter Steinbrocken. Der Adlerschatten zog seine Kreise über dem Walnusstal, über dem Stutenkopf, über den prächtigen Eichenbäumen an seinem Saum.

In einer der Eichen spielten zwei Eichhörnchen. Das mit dem rötlichen Rücken streckte seinen Schwanz in die Höhe und spähte die Umgebung aus. Als es den über die Äste gleitenden Adlerschatten bemerkte, verfiel es in Panik und rutschte ab. Um nicht zu stürzen, musste es sich an den Baumstamm klammern. Danach sprang es auf einen anderen Eichenstamm und versteckte sich in einer tiefen Höhle.

Das Eichhörnchen mit dem graublau schimmernden Rücken hatte den Adler noch immer nicht bemerkt. Es kletterte in den Wipfel, streckte die Vorderpfoten und hüpfte auf die benachbarte Eiche. Gegen Blätter und Eicheln stoßend, klammerte es sich an einen Ast und kletterte von dort aus flink auf den allerhöchsten Zweig der Baumspitze, zog den Schwanz ein wenig an seinen Rücken heran und schaute über die Baumwipfel. Das Flapp, flapp, flapp schreckte es auf und als der über das Blattwerk gleitende Adlerschatten auf seinen Leib fiel, wünschte es sich ein Loch, um sich darin zu verkriechen, hielt aber erstarrt inne. Die breiten Adlerschwingen schlossen und öffneten sich ein, zwei Mal, bis der Adler mit der Schärfe eines Dolchstoßes herabsank.

Die Gräser bogen sich in alle Richtungen. Jetzt wurden zwei Schildkrötenpanzer zwischen den Gräsern sichtbar. Eine Schildkröte vor der anderen. Eine männliche und eine weibliche. Die riesige mit dem vorgestreckten Kopf lief vorne, die angestrengte und zornige Schildkröte folgte ihr. Die kleine machte immer wieder Sätze nach vorn, schlug hart gegen die vor ihr laufende Schildkröte, die Reißaus nahm, und stieß sie damit fort. Die riesige Schildkröte zerteilte die Gräser bei ihrem Fluchtversuch und drückte sie platt. Die kleine Schildkröte hatte den Hals ausgestreckt, das Maul einen Spaltbreit offen, ihre Äuglein sprühten vor Lust. Sie kroch auf den Rücken der Schildkröte vor ihr und versuchte, sich mit den Vorderbeinen festzukrallen, was ihr aber nicht gelang. Sie glitt vom Panzer der anderen herab und stürzte zwischen die Gräser. Aus der Nase schnaubend, richtete sie sich auf, erreichte die Schildkröte, die atemlos fortrannte, biss ihr ins Bein, machte drei, vier Sätze nach vorn und knallte – tack, tack – gegen sie. Als die riesige Schildkröte von einer abschüssigen Stelle herabrutschte, reckte die angestrengte und zornige ihren Hals, schnaubte, kletterte an ihr hinauf und umschlang mit den Vorderbeinen ihren Panzer. Die riesige Schildkröte versuchte sich zu befreien, indem sie sich aufbäumte. Als sie die vor ihr zischende Schlange wahrnahm, hielt sie inne.

Die Schlange, die sich in S-Form durch die Gräser schlängelte, glänzte in der Sonne. Auch sie hielt inne. Sie streckte ihre gespaltene Zunge heraus und blickte die wie zwei aufeinandergestapelte Steine verharrenden Schildkröten zischend an. Die untere, riesige zog blitzschnell ihren Kopf und ihre Beine ein. Die Schlange hob ihren Kopf noch ein wenig und schlängelte dann zischend auf den großen Eichenbaum zu. Sie züngelte in alle Richtungen, horchte aufmerksam und zischte noch einmal. In ihre tiefschwarzen Augen fiel das Blau des Himmels, das Weiß der Wolken, das Grün des Blattwerks. Der Widerhall des schrillen Zirpens einer Grille schien sie zu stören, sie drehte ihr Haupt nach rechts und nach links und zischte ein weiteres Mal. Auch die sich eng an den Baumstamm schmiegende Grille spiegelte sich in den tiefschwarzen Augen der Schlange.

Ein heißer Wind wehte, die Blätter rauschten, die Gräser neigten sich. Auf einen Ast setzte sich ein Spatz. In seinem Schnabel eine grüne Heuschrecke, die gegen das Nichts anstrampelte. Im Spatzennest ging das Geschrei der Jungen los. Die Schlange wandte ihr Haupt und starrte mit ihren tiefschwarzen Augen den Spatz an. Das Blau des Himmels, das Weiß der Wolken, das Grün des Blattwerks wichen dem Spatz und der Heuschrecke im Spatzenschnabel. Die Schlange wand sich um den Baum und erklomm ihn. Ein Wind wehte, die Blätter rauschten, der Spatz flog davon, die Grille zirpte noch lauter, ein Wolkenfetzen schob sich vor die Sonne. Die Schlange hielt inne. Ihr Blick traf sich mit dem der Grille, die drei Handbreit unter dem Nest zirpte. Sie zischte. Sie wand sich ein, zwei Male um den Baumstamm herum und reckte sich, bis sie in das Spatzennest in der Baumhöhle hineinreichte. Ein großer Teil ihres Leibes war noch draußen, ihre pechschwarze Haut strahlte in der Sonne. Die noch ungefiederten Spatzenküken verschlang sie eines nach dem anderen. Sie rutschten durch ihren Leib in den Magen. Hilflos flatterten die Spatzeneltern um den Baum herum. Als die Schlange, noch bevor sie das letzte Küken verschluckt hatte, ihr Haupt aus dem Nest hervorreckte, um die Spatzen anzuzischen, glitt der Adlerschatten über Geäst und Blattwerk, fiel auf den Baumstamm und auf die Schlange. Die Schlange erstarrte. Das in ihrem Maul zuckende Küken fiel heraus. Das Zirpen der Grille riss ab. Der zermalmte Leib der Heuschrecke stürzte zwischen die verdorrten Gräser.

Ameisen wimmelten um den Baum und zwischen den Gräsern herum und scharten sich um die Heuschrecke. Eine schwarze Ameise mit langem Kopf kam flink vom

Baum herunter und umkreiste die tote Heuschrecke, als feiere sie eine Messe. Sie rieb ihre langen Antennen gegeneinander, dann ihre Beine. Die kleineren Ameisen wichen ein paar Schritte zurück. Die schwarze Ameise mit dem langen Kopf begann, den abgerissenen Kopf der Heuschrecke fortzuschleppen. Die anderen zerlegten den Rest der Heuschrecke und folgten. Vorn die schwarze mit dem langen Kopf, hinter ihr Dutzende von kleinen und großen Ameisen. Manche trugen die Flügel der Heuschrecke, andere die Beine und wieder andere den Rumpf. Ein Tack, tack, tack ließ die Ameisen aufschrecken und in die Umgebung horchen. Vor die Ameise mit dem langen Kopf rollte eine große Mandel. Kurz darauf fiel der Schatten des Adlers mit seinen ausgebreiteten Flügeln, dem gefächerten Schweif und dem vorgereckten Haupt darüber. Sobald die Ameise mit dem langen Kopf den Heuschreckenkopf fallen ließ, setzten auch die anderen Ameisen die Flügel und Beine der Heuschrecke ab und verstreuten sich zwischen den Gräsern. Die Ameise mit dem langen Kopf umkreiste die Mandel. Sie trieb ihre Kiefer hinein und versuchte, sie mitzuschleppen, konnte sie aber keinen Deut bewegen. Ein Specht landete auf dem Boden, nahm die Mandel und flog fort.

Der Specht setzte sich auf den Stamm eines morschen Eichenbaums. Die Mandel klemmte er in einen Spalt im Baumstamm. Wie ein Hammer, der auf Nägel schlägt, hob und senkte sich sein Kopf. Tock, tack, tock, tack. Der auf ihn fallende Adlerschatten ließ ihn aufschrecken. Er horchte auf die Geräusche, die von den Feldern heraufdrangen.

Auf dem Hügel, der hinter dem Dorf liegt, mähten drei kräftige Männer mit Sensen das Gras. Nach einem scharfen, die Luft zerschneidenden Ton fiel das Gras zu Boden. Kinder, Frauen und ein alter Mann sammelten das geschnittene Gras auf. Die Männer mit der Sense sangen ein kurdisches Klam, der alte Mann, die Kinder und die Frauen fielen ein, indem sie die Zeilen des Klam wiederholten. Mirza lag mit schmutzigem Gesicht, verschwitzt und müde, auf dem Rücken auf dem eingesammelten Gras. Als die Sonne in sein Gesicht stach, stand er auf, öffnete den Verschluss der blauen Thermoskanne und trank voller Inbrunst. Um von seinen Onkeln und seinem Vater, die das Gras mähten, und seinem Großvater, seiner Großmutter, seiner Schwester und seiner Cousine, die es aufsammelten, nicht bemerkt zu werden, duckte er sich und schlich davon. Sobald er ein wenig von ihnen entfernt war, rannte er los. Seine Schwester schrie: »Opa, Opa, Mirza ist weggelaufen!« Kasım ließ das Gras fallen. »Nicht abhauen! Komm her! Und zwar sofort!«, rief er Mirza zu, während er ihm hinterherjagte. Bis zum unteren Rand des Feldes folgte Kasım ihm, dann gab er auf. Er blieb stehen. Er war außer Atem. Er wischte sich den Schweiß von der Stirn und hielt sich die flache Hand wie einen Schirm vor die Augen, um die Kinder zu beobachten, die auf dem Plateau zwischen den Eichenbäumen Fußball spielten.

Im Tor stand Resul. Ilyas, der ein gelb-rotes Trikot trug, trickste zwei Spieler aus und schoss aufs Tor. Resul jagte dem Ball hinterher, der Ball prallte gegen die Steine, die das Tor markierten, und war draußen. Resul machte sich hinkend auf, den Ball zu holen, der im Gras gelandet war, nahm ihn und warf ihn Azad zu. Als Azad versuchte, an seinem Gegner vorbeizukommen, blieb er mit dem Fuß an einem Stein hängen und stürzte. Ilyas bekam den Ball schnell in seinen Besitz, täuschte alle, die sich ihm entgegenstellten, lief bis vors Tor und schoss. Resul streckte sich, konnte den Ball aber nicht halten. Unter Freudenschreien lief Ilyas auf seine Freunde zu. Die Spieler aus der Mannschaft, die das Tor kassiert hatte, beschuldigten sich gegenseitig. Wütend ging Azad auf den Torwart los. Da auch die anderen Spieler auf den Torwart schimpften, nahm Azad, der sein Haar im Nacken etwas länger wachsen ließ, Resul aus dem Spiel und wechselte für ihn Mirza ein, der gerade rennend das Spielfeld erreichte.

Mirza hatte kaum noch Puste. Er schaute sich ein paar Mal um, ob Opa Kasım ihn noch verfolgte. Da er niemanden sah, lief er beruhigt zum Tor. Er wischte sich den Schweiß von der Stirn, vom Gesicht, aus dem Haar, zog sein T-Shirt aus und warf es hinter das Tor. Hüpfend und in die Hände klatschend, machte er ein paar Aufwärmübungen und dehnte seine Beine.

Resul wollte nicht aus dem Spiel fliegen. Als Azad ihn deswegen gereizt anschrie, nahm Resul seinen Ball unter den Arm und verließ hinkend das Spielfeld. Azad versuchte, Resul zu überreden, ihnen den Ball wiederzugeben, doch Resul wehrte sich und presste den Ball an seine Brust. Nun versuchte Ilyas, den Ball mit Gewalt zu holen, und Resul ließ sich auf den Boden fallen und schloss den Ball mit seinem Körper ein. Azad, Ilyas und die anderen Kinder versuchten, Resul an Armen, Beinen und Schultern zu ziehen, damit er den Ball freigab, doch Resul weinte, schrie, fluchte. Ilyas trat auf Resuls Rücken, Nieren, Kopf und Beine ein, da er sich über den Ball gelegt und ihn beschimpft hatte. Mirza ging dazwischen und versuchte, Ilyas zu beruhigen. Ilyas wischte sich den Schweiß von der Stirn und spuckte auf den Boden. Azad hockte sich neben Resul, der immer noch den Ball umfing, und versuchte, den Ball zu nehmen. Als Resul ihn wieder beschimpfte, rief Azad: »Scheiß Hinkefuß!« und trat ihm in den Magen.

Plötzlich rief eine Stimme: »Resul! Resul!« Ilyas hielt inne und schaute auf seine Armbanduhr. »Der Film fängt an! Der Film fängt an!«, rief er und lief in Richtung Dorf. Heulend und verrotzt stand Resul auf. Den Ball an seine Brust pressend, bemühte er sich, den anderen Kindern hinterherzukommen.

Havva hatte ihre Handfläche über ihre Augen gelegt und schaute wieder zu dem Feld hinüber, wo die Kinder Ball spielten. »Resul! Resul! Ilyas! Azad!«, schrie sie jetzt. Erst als die Schreie, das Geheule und Gezänke der Kinder verstummten, hörte sie auf, nach ihnen zu rufen, und setzte sich auf einen Stein. Sie rückte sich ihr transparentes

Tuch mit den weißen Quasten auf dem Kopf zurecht, faltete ein nasses Weinblatt auseinander, gab einen Löffel von dem mit Fleisch und Gewürzen vermengten Reis hinein, rollte das Blatt sorgfältig zusammen und legte es in den Topf. Dabei hob sie den Kopf und schaute nach den Kindern, die angerannt kamen. Als ihre Tochter, die mit Erde spielte, zu weinen anfing, legte sie ein frisch gewickeltes Weinblatt in den Topf, nahm sie auf den Arm und stillte sie.

Als sie mit der Arbeit fertig war, nahm sie das Tuch von ihrem Kopf. Ihr volles, langes Haar fiel ihr bis zur Taille. Sie griff mit beiden Handflächen hinein, kämmte es zu einer Seite und band es zusammen. Sie holte einen kleinen Spiegel aus der Tasche und hielt ihn sich vors Gesicht. Sie wanderte mit dem Finger über ihre hauchdünn gezupften Augenbrauen und lächelte. Sie drückte einen kleinen Mitesser auf der Stirn aus. Es tat ihr weh, und sie hörte auf, an ihrer Haut herumzuspielen.

Ein kleines Kind mit kahl rasiertem Kopf kam angerannt. Es schaute sich um. Es zog ein paar Mal die Nase hoch, nahm ein Weinblatt vom Tablett und schob es in den Mund. Havva schrie es an, und es hörte auf, von den Weinblättern zu essen. Stattdessen holte es eine Streichholzschachtel aus der Tasche. Es öffnete sie und holte einen grünen Käfer mit schimmerndem Rücken heraus, dem es ein Stück weißen Bindfaden an die Beine gebunden hatte. Der Käfer krabbelte auf den Mittelfinger zu, dann öffnete er seine Flügel und hob ab. Das Kind hielt das andere Ende des Bindfadens so fest es konnte und lauschte kichernd dem Surren der Käferflügel. Havva riss dem Kind die Schnur mit dem Käfer aus der Hand und warf sie in die Luft. Der Käfer flog mitsamt dem Bindfaden an seinen Beinen fort. Das Kind heulte voller Wut, warf das Tablett um, auf dem die Weinblätter gestapelt lagen, und rannte fort. Havva wollte gerade aufspringen, um dem Kind hinterherzulaufen, da öffnete sich das Fenster des Nebenhauses.

Sakines Gesicht war trocken wie eine Walnuss und voller Furchen. Sie schüttelte ein braunes Tuch aus, von dem man am Boden gegessen hatte. Die Brotkrumen fielen auf die Erde. Hühner, Hähne und Küken, die im Schatten der Häuserwände Zuflucht gefunden hatten, rannten zu den Brotkrumen am Boden. Sakine drehte ihren Kopf, schaute auf den Berg Amar, sagte: »Abend wird es noch lange nicht« und schloss das Fenster. Cemşid hatte ein wettergegerbtes Gesicht und gerötete Augen. Er aß sein Brot auf, holte sein Miswak aus der Tasche und reinigte sich damit die Zähne, strich sich über den Bauch und murmelte vor sich hin: »Ob du arm bist oder reich, nach dem Essen rauche gleich.« Er zog seine Tabaksdose aus der Gesäßtasche und drehte sich eine dicke Zigarette. Er zündete sie an und nahm einen tiefen Zug. Er hustete. Der Rauch aus Mund und Nase wurde in der Luft verweht. Er pfiff ein Klam von Şivan Perwer, *Xanıma min*, meine Frau, und ging zum Fenster. Er pflückte die vergilbten Blätter von der Teepflanze, die in einem Blechkanister wuchs, und goss die Pflanze. Er schnitt zwei dunkellilafarbene Blätter ab, roch an ihnen und legte sie in seine Tabaksdose. Er wollte seine Zigarettenkippe aus dem Fenster werfen, da blieb sein Blick an den Kindern hängen, die im Haus gegenüber einen Film schauten, und am Fernseher. Die Kinder saßen auf Kissen und schauten einen Cowboyfilm.

Die Cowboys ritten ihre Pferde fast zugrunde, als sie das Dorf unten im Tal überfielen und die Zelte in Brand setzten. Die Indianer schreckten aus dem Schlaf auf. Wer aus den Zelten kam, um zu fliehen, wurde von den Cowboys einer nach dem anderen erschossen. Eine Frau fiel mit dem Kind in ihrem Arm zu Boden. Ein junger Indianer kam aus einem brennenden Zelt und warf einen Speer auf den Cowboy, der auf ihn zukam. Der Cowboy stürzte und wurde eine Weile von seinem Pferd über den Boden geschleift. Der hässliche Cowboy, der seine Hutkrempe weit ins Gesicht gezogen hatte, schoss auf den Indianer. Der Kerl fiel hin. Die Kinder schauten mit angehaltenem Atem zu, und über jeden getöteten Indianer freuten sie sich, um jeden toten Cowboy tat es ihnen leid.

Ein stämmiger, aber flinker junger Indianer warf sich auf einen Cowboy, der an ihm vorbeiritt. Der Cowboy stürzte mitsamt seinem Pferd. Der Indianer drückte ihn nieder und stach mit seinem Dolch mehrere Male in seine Brust. Resul sprang von seinem Kissen auf und fluchte. Mirza stand auf und trat gegen sein Sitzkissen. Der hässliche Cowboy bemerkte den tödlichen Kampf und jagte mit seinem Pferd im Galopp heran. Er zog eine kleine Pistole, die er in seinem Stiefel versteckt hatte, und zielte auf den Indianer. »Schieß, schieß!«, schrie Azad. Mit einem einzigen Schuss traf der hässliche Cowboy den Indianer in die Stirn. Zuerst fiel der Dolch aus der Hand des Indianers, dann ging er in die Knie und stürzte zu Boden. Eine Indianerfrau richtete sich in ihrem Versteck auf, wog den Speer in ihrer Hand und warf ihn auf den hässlichen Cowboy. Der Speer durchbohrte die Schreie der Sterbenden, die aus den Flammen stiebenden Funken und die Rauchschwaden und flog auf den hässlichen Cowboy zu. In dem Moment, wo sich der Speer in den Rücken des hässlichen Cowboys hätte bohren sollen, wurde der Bildschirm schwarz.

Azad sprang auf und fluchte. Ilyas drückte mehrmals auf den Ausschaltknopf und rief: »Stromausfall!« Resul trat wütend auf sein Kissen ein, dann trommelte er mit den Fäusten auf den Fernseher. Ilyas fuhr verzweifelt mit seinen Händen durch die Haare und lief zum Fenster. Er fing eine Fliege, die am Fenster summte, riss ihr einen Flügel aus und ließ sie wieder frei. Die Fliege versuchte zu fliegen, doch es gelang ihr nicht, sie stürzte ab. Ilyas riss ihr auch noch den anderen Flügel aus. Die Fliege versuchte wie verrückt auf ihren Beinen zu entkommen. Ilyas presste seinen Finger auf sie und zerdrückte sie am Boden. Das Fenster des gegenüberliegenden Hauses öffnete sich. Peyruze streckte ihren Kopf heraus und schüttete das restliche Wasser aus einem Glas. Ilyas rief: »Oma, habt ihr Strom?«

Peyruze schloss das Fenster. Sie berührte den Basilikum und atmete den Duft ein. Sie schnitt vier Zweige ab und legte sie ans Kopfende der Wollmatratze am Boden, auf der Eyüp lag. Eyüp war bis auf Haut und Knochen abgemagert. Seine Augen lagen in dunklen Kuhlen. Seine Ohren waren borstig, seine Lippen aufgesprungen, seine Zähne tiefgelb. Auf seiner Stirn hatte er einen riesigen Leberfleck. Auf einem Hocker standen eine Tüte voller Medikamente, eine Plastikkaraffe und zwei Gläser. An der Wand hing ein gigantischer Teppich, in dessen Mitte ein galoppierender Rappe zu sehen war. Sein langer Schopf, seine dichte Mähne und sein Schweif wehten im Wind. Auf dem Pferderücken eine Frau und ein Mann. Die Frau hielt die Hüften des Mannes eng umschlungen. Ihr langes, volles Haar flog durch die Luft. Der Rappe galoppierte in die Wolken, in den Wind, in die Ewigkeit. Die sattgrünen Berge hinter dem Pferd hatten schneebedeckte, umnebelte Gipfel. Eyüps Auge war auf den galoppierenden Rappen auf dem Wandteppich, auf den Mann und die ihn umschlingende Frau fixiert. Er kniff die Augen zusammen. Sein Gesicht wurde von einem warmen Lächeln überzogen.

Neben seiner Matratze spielten drei Kinder; vor ihnen lagen ein zerbrochenes Auto, eine kleine Puppe und ein Lastwagen ohne Räder. Eyüp schaute die Kinder an und hieß sie mit einer Handbewegung zu sich kommen. Er rief sich das Märchen vom Walnusstal in Erinnerung, das er von seinem Vater und von seinem Großvater Mal um

Mal gehört hatte, und blickte auf den Wandteppich. Er holte tief Luft, um den Kindern das Märchen vom galoppierenden Rappen, dem Mann auf seinem Rücken und der Frau mit den im Wind wehenden Haaren zu erzählen. »Unsere Ahnen Amar und Sara«, sagte er. Er hustete drei Mal nacheinander. Nachdem er vorsichtig geschluckt hatte, wischte er sich die Tränen aus den Augen. »Ba!«, sagte er und hustete so heftig, dass ihm der Brustkorb zu zerbersten drohte. Die Spucke aus seinen Mundwinkeln tropfte auf seine Brust. Peyruze wischte mit einem von roten Blümchenstickereien eingesäumten weißen Taschentuch Eyüps Mund und sein Gesicht ab. Sie gab Sirup auf einen Löffel. Eyüp spreizte seine Lippen und trank den Sirup. Peyruze gab ihm mit dem Ausruf: »Deine Medizin!« noch die letzten Tropfen zu trinken, die auf dem Löffel geblieben waren. Dann gab sie Eyüp ein Glas Wasser, schüttete das übrig gebliebene Wasser in den Basilikumtopf vor dem Fenster und zupfte die gelben Blätter und vertrocknenden Zweige ab.

Ali machte die Schnappatmung seines Großvaters nach, sein Husten, sein Fiepen beim Luftholen und seinen Versuch, das Märchen zu erzählen, und die Kinder lachten. Peyruze schrie Ali an: »Raus mit dir! Vor die Tür! Los, hilf deinem Onkel Müslüm!« Als Ali aus der Tür hinausging, hustete er noch zwei Mal und die Kinder im Zimmer lachten wieder. Peyruze warf ihm ihren Pantoffel hinterher. Ali lief zu Onkel Müslüm, der gerade eine Ziege zu einem Mandelbaum zerrte.

Müslüm drückte die weiße Ziege mit dem schwarzen Flecken auf der Stirn zu Boden. Sie strampelte und strampelte. Ali hielt das Tier an den Beinen. Müslüm drehte den Kopf der Ziege zur Kibla gen Mekka, presste sein Knie auf ihren Bauch, und mit dem Messer in der einen Hand und der anderen an der Kehle der Ziege sprach er: »*Bismillah ir-rahman ir-rahim*«, bevor er ihr die Kehle durchschnitt. Das Blut spritzte. Ali ließ die Beine der Ziege los, um sich mit der Hand das Blut abzuwischen, das ihm ins Gesicht gespritzt war. Die Ziege strampelte noch ein paar Mal. Müslüm legte das Messer auf dem Rumpf der Ziege ab, setzte sich auf einen Stein und drehte sich eine Zigarette. Er spuckte den Tabak aus, der an seinen Lippen hängen geblieben war. Er hieb mit seinem Daumen mehrere Male auf das Feuerzeug ein. Es brannte nicht und er öffnete es, prüfte den Feuerstein und entzündete es. Er steckte seine Zigarette an. Die Ziege trat immer noch ins Leere. Müslüm blies den eingesogenen Rauch in die Luft. Während der Rauch sich verlor, sackten die Beine der Ziege kraftlos zur Seite. Müslüm nahm noch ein oder zwei Züge und warf die Zigarette in die Blutlache. Er stand auf, brach dem Tier das Genick und schnitt ihm mit dem Messer den Kopf ab. Er legte ihn auf einen Stein. Mit weit aufgerissenen Augen, die blank wie Feuersteine waren, schaute die Ziege auf ihren kopflosen Körper.

Müslüm wetzte die Messer. Er berührte die Schneide des Messers mit dem Finger. Er krempelte einen Hemdsärmel hoch, befeuchtete mit Spucke die Haare an seinem linken Arm und rasierte sie mit dem Messer ab. Ein Lächeln umspielte sein Gesicht. Er schleppte die Ziege an einen sauberen Platz und öffnete ein kleines Loch in ihrem linken Hinterbein. Er zündete eine neue Zigarette an. Als die Wolken sich vor die Sonne schoben, warf er sie auf den Boden und trat sie aus. Er führte einen schmalen Schlauch in das Loch im Bein der Ziege. Er holte tief Luft und setzte seine Lippen an den Schlauch. Er pustete und blies die Ziege auf. Er zog ihr das Fell ab, hängte sie an den Hinterbeinen an einem Baum auf, schnitt ihr den Bauch auf und ließ Gedärme und Magen herausbaumeln. Die Gallenblase schnitt er vorsichtig heraus, damit sie nicht platzte, und warf sie auf den Boden. Er riss das Herz heraus und teilte es in der Mitte. Als er sah, dass in seinem Inneren alles voller Blut war, verfinsterte sich sein Gesicht. Ali schrie: »Onkel Müslüm, ich will die Nieren! Gib mir die Nieren!« und lief um Müslüm herum. Müslüm wurde sauer. Er sah, dass er Ali nicht loswerden würde, trennte die von Fett umgebenen Nieren heraus und gab sie ihm. Ali rannte mit zwei Nieren in seinen Händen nach Hause. »Ali«, rief ihm Müslüm hinterher, »geh mal zu Onkel Amar und schau, ob er zu Hause ist, ja? Sag ihm, er soll mir helfen.« Ali rannte los und betrat Amars Haus. Müslüm zog vorsichtig an den Därmen, damit sie nicht platzten, und rollte sie wie ein Tau auf.

Ali kam aus dem Haus und sagte: »Onkel Amar ist nicht da, er ist zum Friedhof gegangen.« Müslüm legte die

Därme in eine blaue Schüssel. »Wo soll er auch sonst sein, der Irre!«, murmelte er und schaute in Richtung des Friedhofs unterhalb des Dorfes.

Dichte Eichenbäume und unter den Bäumen Hunderte von Gräbern Seite an Seite. Manche waren von Unkraut überwuchert, manche Grabsteine zerbrochen. Amar stand vor einem Grab. Mit einem Taschentuch, dessen Ränder mit kleinen fliederfarbenen Blümchen verziert waren, wischte er den Grabstein ab und entfernte die Quecken. Zwischen den Narzissen, die in zwei Reihen gepflanzt waren, entfernte er das Unkraut, zupfte die vertrockneten Blätter ab und lockerte den Boden auf, damit er atmen konnte. Er nahm die weißen Kieselsteine, die eine gerade Linie um das Grab herum bildeten, und polierte sie einen nach dem anderen, bevor er sie wieder hinlegte. Er umschritt das Grab ein paar Mal, legte sich dann daneben auf den Boden und schaute in den sich rosa verfärbenden Himmel, auf die vorbeiziehenden Wolkenfetzen, die krächzend vor ihnen herfliegenden Krähen und den Adler, der hoch oben in den Lüften seine Kreise zog. Er richtete sich auf. Seine Augen waren feucht, sein Gesicht voll Trauer. Er küsste den Grabstein drei Mal, öffnete seine Hände und sprach einmal die Fatiha. Ohne den Blick vom Grab abwenden zu können, ging er in Richtung Friedhofstür, die aus alten Blechkanistern gemacht war. Er öffnete sie und verließ den Friedhof. Die Tür schloss nicht richtig hinter ihm. Mit einem Stein schlug er zwei Nägel ein, die sich gelockert hatten, drehte sich um und schaute mit feuchten Augen über den Friedhof, öffnete seine Hände und sprach noch einmal die Fatiha. Als er einer schrill kreischenden Vogelstimme gewahr wurde, hörte er auf und blickte sich in alle Richtungen um. Er ging zu dem Eichenbaum, unter dem die zwischen die Gräser gefallenen Küken lagen und piepsten. Es waren drei gerade erst geschlüpfte Spatzenküken neben einem verkehrt herum liegenden Nest. Er nahm das Nest, besserte den Rand und die Mitte aus, setzte die Küken hinein und kletterte auf den Baum. Er legte das Nest zwischen eine Gabelung dreier Äste, und als er vom Baum herabstieg, sah er den Mann, der vom Berg Amar her ins Dorf gelaufen kam.

Vor langer Zeit

Und es ward Abend, und es ward Morgen. Ein Märchen. An welchem Punkt begann mein Märchen? An jenem ersten Tag, als Gott sprach: Es werde …? Oder als Eva den verbotenen Apfel aß und mit Adam aus dem Paradies vertrieben wurde? An jenem Tag, als Soldaten aus fernen Ländern von den Bewohnern der Gebirge in einen Hinterhalt gelockt und an der Gurgel gepackt wurden wie Schafe? Oder als Alexander der Große, der ewige, unbesiegbare Feldherr, den Fuß des Berges Amar erreichte und, weil er ihn nicht würde bezwingen können, zum Rückzug blies?

Wer hatte sich nicht alles erträumt, den Berg Amar zu bezwingen und das Walnusstal zu erobern? Feldherren und Propheten, Herrscher, Könige, Großkönige …

Jesus und seine Jünger schafften es nicht, den Berg Amar zu bezwingen. Mohammed, mit scharfem Schwert auf gesatteltem Pferd, überwand zwar alle Berge, fand aber im Walnusstal kein einziges Herz vor, in das er hätte einkehren, keinen Leib, in dem er sich hätte einnisten können, also machte er kehrt. Dschingis Khan kampierte geduldig ein Jahr, drei Monate und zehn Tage lang am Fuße des Berges Amar, bevor er klein beigab und, seiner

Männer Leichname zurücklassend, kehrtmachte. In seinem Zorn jedoch, am Fuße des Berges Amar gelagert und gegen ihn verloren zu haben, plünderte und brandschatzte er sämtliche Ländereien, Städte und Dörfer, die ihm unterkamen. Buddhas Wanderungen führten ihn gar nicht erst hierher.

Eines Tages aber tauchte Zarathustra auf, einen Stab in der Hand und in ein Lammfell gekleidet. Er fand warme, wache Herzen vor, doch musste seine Seele unter der Einsamkeit und der Wehmut der Gegend schwer gelitten haben, denn im darauffolgenden Frühjahr machte er ebenso kehrt. Nach Zarathustras Umkehr kam für viele Jahre niemand mehr. Bis das Märchen begann und wieder endete, führte keines Menschen Weg mehr hierher. Bis einmal vor langer, langer Zeit, Sara und Amar auf ihrem Rappen hierherfanden.

Finsternis … über allem lag Finsternis. Früher lag die Finsternis nicht wie heute in den Herzen der Menschen, in ihrer Seele, in ihrer Stimme. Finsternis war vor langer, langer Zeit in der Nacht, in stillen Ecken, in der Tiefe der Grotten, im Schatten der Walnussbäume, in der Einsamkeit der Täler verborgen. Vor langer, langer Zeit war einmal hinter dem Berg Amar ein unendlich tiefes Tal mit unendlich riesigen Walnussbäumen, die unendlich große Blätter trugen und unendlich schwere Walnüsse abwarfen. Den strahlend blauen Himmel über dem Tal verdeckten die Blätter dieser riesigen Walnussbäume. Sie waren so groß, dass die Sonnenstrahlen Mühe hatten, sie am Tag zu durchdringen, und sich am Abend zurückziehen mussten, ohne einmal den Boden erreicht zu haben.

Das Walnusstal war ein Ort voller Geheimnisse. Zu bestimmten Zeiten am Tag ging von den Blättern der riesigen Walnussbäume ein unerklärlicher Duft aus. Wer diesen Duft aufsog, war wie von Hanf berauscht. Manch einer vernahm Stimmen aus einer anderen Welt und konnte wie die Wahrsager die Zukunft vorhersagen. Die Magier aus den Nachbardörfern, die unverheirateten alten Frauen, Amulettmacherinnen, Wunderheiler und Hexen kamen tagsüber her, um unter den Bäumen zu ruhen und die Stimmen aus der anderen Welt, die sie vernahmen, an die Menschen weiterzugeben. Keiner jedoch von all diesen Magiern, unverheirateten alten Frauen, Amulettmacherinnen, Wunderheilern und Hexen war so kühn, im Walnusstal zu übernachten. Manche sagten, dieser Ort gehöre den Pirabok, die ihre Brüste über Kreuz auf den Rücken warfen, oder aber den bösen Dschinnen, die vor Allah nicht niederfielen, sondern ihm widersprachen. Manche behaupteten, das Tal gehöre der Schlangenkönigin Schahmeran, andere erzählten von Nachtmännern in weißen Gewändern, deren Häupter bis in den Himmel ragten, und wieder andere, dass es die Heimat von Adams verstoßener Frau Lilith sei. Ums Walnusstal rankte sich mehr als nur ein Märchen.

Einst, vor langer, langer Zeit kam der Mir von Garzan ins Walnusstal, und er brachte Amar und Sara mit. Der Mir von Garzan zeigte Amar und Sara auf ihrem Rappen das Walnusstal und sagte: »Amar, dies sei fortan deine Heimat! Pflanzet, säet und mehret euch.« Der Mir wusste um die schlimmen Geschichten und stieg beizeiten auf seinen Schimmel, um das Walnusstal schnell wieder zu verlassen. Amar und Sara jedoch, die auf dem Rücken des Rappen gekommen waren, blieben mutterseelenallein im Walnusstal zurück. Der Rappe scheute vor den Geräuschen und den Düften um ihn herum. Er schlug aus, als wäre er in einen finsteren Stall gesperrt, und schnaubte voller Zorn. Andauernd bäumte er sich auf und wieherte die geheimnisvollen Stimmen des Tales, all seine unsichtbaren Seelen und die berauschenden Gerüche an, als fordere er sie zum Kampf heraus. Als die Finsternis hereinbrach und die geheimnisvollen Stimmen, unsichtbaren Seelen und berauschenden Gerüche sich überall ausgebreitet hatten, bäumte sich der Rappe wieder auf, wieherte drei, vier Mal, hieß die Nacht ihm aufsitzen und galoppierte auf den Berg Amar zu, ohne jemals wiederzukehren.

Amar und Sara schliefen in jener Nacht fest umschlungen in der Glückseligkeit ihrer Liebe unter der Höhlung eines Walnussbaumes, ohne die Geschichten des Walnusstals zu kennen und ohne die unsterbliche Geschichte des Rappen zu erfahren, den die Nacht geritten hatte, bis hin zum Berg Amar.

Mein Märchen begann genau in jener Nacht. Ich schwöre bei den Walnüssen, beim Märchen und bei dem Rappen, dass mein Märchen damit begann, dass Ba auf den Berg Amar floh, und damit endete, dass eines Tages vom Berge Amar her ein Mann ins Dorf gelaufen kam.

Ich bin Sara aus Samira. Ich war es, die das Märchen vom Walnusstal erzählte, und mein Sohn Celo war derjenige, der es auf die Haut der Schlangenkönigin Schahmeran schrieb. Diesen marmornen Sarkophag habe ich mir von Markos Konstantinos Kavafis aus Termessos anfertigen lassen. Nach meinem Tod möge mein Leichnam gemeinsam mit der Haut der Schahmeran, auf der das Märchen geschrieben steht, in den Sarkophag gelegt werden. Der Sarkophag soll von meinen Erben mit Blei verschlossen und versiegelt werden. Wer auch immer meinem Sarkophag oder meinem Märchen Schaden zufügt, dem mögen die Schlangen Schahmerans auf ewige Zeiten zur Plage werden.

DAS AUF DIE HAUT DER SCHAHMERAN GESCHRIEBENE MÄRCHEN

Es war einmal, es war keinmal. Vor langer, langer Zeit, als die Getreidesiebe noch im Heu lagen, als die Dromedare auf den Straßenmärkten lauthals ihre Ware feilboten und die Flöhe noch den Menschen die Bärte rasierten, gab es einmal im Lande Asura ein Pferd. Das Pferd war so schwarz wie die Nacht, so flink wie eine Schlange, donnernd schnell wie der Wind, und es glitzerte wie eine Dolchschneide. Es heißt, es habe damals unter den Menschen über eintausend Legenden darüber gegeben, wann und woher das Pferd nach Asura gekommen sei. Einer Legende zufolge soll das Pferd niemand anderes als der Engel Ridvan gewesen sein. Einer anderen Legende nach soll König Darius von Asura das Pferd als Beute aus einem seiner siegreichen Kriegszüge heimgebracht haben. Eine weitere besagt, ebenjener König Darius habe im Traum einen Rappen gesehen. Drei Tage später sei dieser Rappe vor den Toren seines Palastes gestanden. Doch die Legende, die am meisten Zustimmung findet, beruht auf der Erzählung des Mitanniers Kikkuli, Pferdetrainer am Hofe des König Darius.

Den Worten Kikkulis zufolge begannen in einer Frühlingsnacht im Monat Nisan, als der Mond wie ein silbernes Serviertablett am Himmel glänzte, die Wasser des Tigris unverhofft zu kochen. Der Himmel donnerte. Ein Sturm brauste. Die Fluten stiegen an. Die Bäume zitterten. Die Frösche quakten. Die Eule rief drei Mal direkt hintereinander. Auf einmal wieherte ein Pferd. Die Frösche schwiegen und sprangen ins Wasser. Die Eule hielt ihren Schnabel. Der Sturm legte sich. Die Wasser des Tigris wurden schneeweiß und stiegen gen Himmel, und aus dem Fluss stieg ein riesiges schwarzes Flusspferd. Das Flusspferd bäumte sich auf seinen Hinterbeinen auf und wieherte drei Mal. Es heißt, sein Rücken habe im Mondlicht geschimmert. Seine tiefschwarze Mähne, die über seinen Hals fiel, und sein tiefschwarzer Schopf, der ihm in die Stirne fiel, sollen bei jedem Schritt wie Wellen gewogt haben. Der Flusspferdhengst soll gewiehert haben und zu einer Stute gelaufen sein, die am Ufer des Tigris stand, und sich mit ihr gepaart haben. Nach einer Weile aber soll das schwarze Flusspferd wieder in den Fluss gestiegen und in den Tiefen des Tigris verschwunden sein.

Der Pferdetrainer Kikkuli, der in jener Nacht beobachtete, wie das riesige Flusspferd aus den Wassern des Tigris stieg, stahl die Stute, die sich mit dem riesigen Hengst gepaart hatte, und entkam ins Lande Mitanni. In Asura stand auf Pferdediebstahl die Todesstrafe. König Darius suchte seinen mitten in der Nacht mitsamt der Stute verschwundenen Pferdetrainer überall, ohne ihn zu finden.

Drei Tage und drei Nächte soll Kikkuli geritten sein. Am Abend des dritten Tages habe er sein Dorf erreicht. Er sperrte die Stute in den Stall bei seinem Haus und wartete ungeduldig darauf, dass sie ihr Fohlen warf. Er verfütterte ihr Gerste, Klee und frische Gräser. Nachts, wenn alles schlief, holte er die Stute heraus und ritt sie aus. Als die Zeit der Geburt nahte, schlief er bei ihr im Stall. So große Angst hatte er davor, dass die Stute stehend gebären würde und dabei die Beine des Fohlens gebrochen werden könnten, dass er keinen Schlaf mehr fand. Eines Nachts, als seine müden Augen in den Schlummer fielen, schreckte ihn das Stöhnen der Stute auf. Vor Schmerz stöhnte sie und biss ihre Zähne zusammen. Kikkuli wurde nervös. Die Stute würde also im Stehen gebären. Kikkuli legte den Boden mit getrocknetem Heu aus, stellte sich hinter die Stute und wartete mit geöffneten Armen auf die Geburt des Fohlens.

Die Stute, die vom aus den Wassern des Tigris gestiegenen, riesigen Flusspferd begattet worden war, gebar in jener Nacht ein unansehnliches, schwaches, pechschwarzes Fohlen. Als Kikkuli es sah, war er sehr enttäuscht. »Schicksal«, dachte er, nahm das Fohlen und sperrte es in einen Stall, in den kein Licht drang. Nach sechs Monaten holte er es aus dem finsteren Stall wieder heraus und begann es zu trainieren.

Er ließ das Pferd passagieren und galoppieren, er wusch es mit schäumendem Wasser und striegelte es, und schließlich band er es an einen Pfahl und ließ es sechs

Tage und sechs Nächte hungrig und durstig in der Sonne stehen. Am Morgen des siebten Tages gab er ihm Weizen, Stroh, Gerste und frische Gräser. Die Schulung des Fohlens dauerte mehrere Monate. Und als das Fohlen so weit war, dass es mit dem Wind um die Wette laufen konnte, flüsterte ihm Kikkuli seinen Namen ins Ohr: »Rachsch!«

Eines Tages aber trat ein Greis vor den König Darius. Er verlangte von ihm, dass er seine Palastwachen nach draußen schicke. Der König wunderte sich, doch er wollte wissen, was der Greis ihm zu sagen hatte. Er gab seiner Palastwache den Befehl, die Empfangshalle zu räumen. Der Greis näherte sich und flüsterte ihm ins Ohr, Kikkuli sei mit einer Stute ausgerissen, sie habe ein schwarzes Fohlen zur Welt gebracht und Kikkuli halte sich und das Fohlen versteckt. Vor Wut sprang der König von seinem Thron auf. »Wache! Wache!«, schrie er. Bevor die Wachen in die Halle kamen, sagte der Greis noch: »Mein König, dieses Pferd ist ohne seinesgleichen.« Dankbar blickte der König den Greis an und sagte: »Wenn das, was du sagst, wahr ist, so werde ich dich mit Gold belohnen. Ist es aber falsch, so werde ich dir den Kopf abschlagen.« Daraufhin ließ er den Greis in den Kerker werfen.

Der König konnte die ganze Nacht nicht schlafen. »Wenn es wahr ist, was der Greis gesagt hat, und wenn dieses Pferd nicht seinesgleichen hat, dann muss es mir gehören«, dachte er immer wieder. Endlich setzte er sich seine Krone aufs Haupt, rief seine besten Männer zusammen und befahl ihnen, ins Land Mitanni zu ziehen und Kikkuli und das Pferd zu holen.

Die Männer des Königs gürteten also ihre Schwerter, stiegen auf ihre Pferde und machten sich auf den Weg. Sie nahmen Kikkuli fest und brachten ihn mitsamt seinem Pferd in den Palast. Als der König den Rappen sah, mit seinem Schopf, der ihm in die Stirn fiel, seiner dichten Mähne, seinem aufragenden Schweif, seinen kleinen Ohren, seinem Rumpf, der prall war wie eine reife Weintraube, seinen breiten Schultern, seinen stämmigen Beinen und wie er mit seinen Hufen den Boden schlug, war es um den König geschehen. Kikkuli war vor dem König in die Knie gesunken. Er berichtete ihm, der Rappe sei vom Geblüt eines Flusspferds, das aus den Wassern des Tigris gestiegen sei, er selbst habe das Fohlen geschult und trainiert und habe es ohnehin direkt zum Palast bringen wollen, sobald die Schulung abgeschlossen war. Dann flehte er, der König möge sein Leben verschonen.

Der König näherte sich dem Rappen, berührte seine Brust, seine Schultern und seinen Hals und sagte: »Mein Sohn, mein hübscher Sohn, das hast du brav gemacht.« Dann ließ er an Ort und Stelle Kikkulis Kopf abschlagen. Seinen Männern, die all dies mit angesehen und gehört hatten und um das Pferd wussten, gab er ein großes Festmahl. Und damit keine Zeugen übrig blieben, vergiftete der König alle Männer, die er zum Festmahl geladen hatte.

Auch wenn es noch so viele unterschiedliche Legenden um diesen Rappen gibt, so steht doch fest, dass der König auf den ersten Blick verstand, dass dieses Pferd anders als alle anderen war und nicht seinesgleichen hatte. Als er von einem Feldzug zurückkehrte, kam es ihm plötzlich in den Sinn, dem Pferd einen Namen zu geben. Er hieß seine siegreich heimkehrende Armee haltmachen. Er versammelte seine Fußsoldaten, seine Reiter und seine Kriegsgefangenen um sich herum und verkündete, dem Pferd den Namen Ravân geben zu wollen. Um den Tag, da er seinem Pferd einen Namen gab, zu feiern, begnadigte er alle Kriegsgefangenen und ließ sie frei. Jedes Jahr beging er diesen Jahrestag, indem er große Feste für sein Volk ausrichten ließ.

Der König verlor keinen einzigen Krieg, in den er auf dem Rücken des Rappen ritt. Von jedem Feldzug kehrte er in der Pose des siegreichen Herrschers heim. In kürzester Zeit wuchs Asura beträchtlich an. So sehr hatten sich die Außengrenzen des Reiches erweitert, dass es zu einem Land wurde, in dem dem niemals die Sonne unterging. Asura war der größte Staat seiner Zeit, und Darius wurde der größte König seiner Zeit. Der König wusste, dass das Geheimnis all seiner Erfolge sein Pferd war, und er liebte es umso mehr. Der Ruhm des Pferdes des König Darius verbreitete sich in Windeseile über alle sieben Weltreiche. Es wurde zum Gegenstand von Geschichten, die die Menschen einander erzählten, von Liedern, die sie einander vorsangen, und Legenden, die sie vortrugen.

Als seine Feinde verstanden hatten, dass sie den König

nicht würden besiegen können, ohne sein Pferd Ravân zu töten, versammelten sie sich in der Siebenschläferhöhle auf dem Krähenberg.

An der Versammlung in der Siebenschläferhöhle nahmen finstere Zauberer, böse Hexen, Könige, denen die Macht zu Kopf gestiegen war, ruchlose Mörder und blinde Wahrsager teil. Die Versammlung dauerte sieben Tage und sieben Nächte. Die Wahrsager starrten mit ihren blinden Augen in die Feuerglut und sagten düstere Dinge voraus, die Könige, die man von ihrem Thron verjagt hatte, seufzten inniglich, die finsteren Zauberer entfesselten Stürme, die Himmel und Erde zum Bersten brachten, und die bösen Hexen fuchtelten mit ihren Besen und gaben schreckliche Begebnisse zum Besten.

Am letzten Tag der Versammlung in der Siebenschläferhöhle verkündete der für seine List, seine faulen Tricks und finsteren Zauber bekannte Beko Avan, der Schah aller finsteren Zauberer, der sich rühmen durfte, sogar dem Satan höchstselbst seinen Pantoffel verkehrt herum angezogen zu haben, einen Plan, wie man König Darius von seinem Pferd Ravân trennen könnte. Die von ihrem Thron verjagten Könige bekamen Angst, die warzennasigen Hexen wichen einen Schritt zurück, die mit ihren blinden Augen in die Feuerglut starrenden Wahrsager, die immer die Zukunft vorauszusagen wussten, schüttelten ihre Köpfe nach links und nach rechts, als wollten sie sagen: »Keine Hoffnung.« Die finsteren Zauberer riefen, es gebe sehr wohl Hoffnung, und drängten sich stolz in den Vordergrund. Und in jener Nacht übertrugen alle in der Siebenschläferhöhle Versammelten diese Aufgabe an Beko Avan. Nach Beendigung der sieben Tage und sieben Nächte dauernden Versammlung in der Siebenschläferhöhle gingen die Könige zurück in ihre Länder, in denen die längst entthront waren, die Zauberer in ihre unterirdischen Behausungen, die Hexen in ihre dunklen Schlösser, und die blinden Wahrsager in ihre trostlosen, feuchten Hütten, während Beko Avan sich auf den Weg nach Asura machte.

Ravân mit seiner dichten Mähne, seinem Schopf, der ihm in die Stirn fiel, seinem bis auf den Boden reichenden Schweif und seinen kleinen Ohren hatte eine Menge guter und schlechter Eigenschaften. Im Krieg konnte er die Schlachtreihen der Armeen aufbrechen, Meere überwinden, Wüsten durchqueren, durch die Lüfte fliegen, durch enge Schluchten dringen, und niemals wurde er müde. Soweit die positiven Eigenschaften, von denen berichtet wird. Eine negative Eigenschaft aber war, dass er Reiter, die er nicht mochte und als Fremde empfand, von seinem Rücken abwarf.

Beko Avan soll vierzig Tage und vierzig Nächte gewandert sein. Als am vierzigsten Tag der Abend anbrach, sei er in Asura angekommen. Er übernachtete an jenem Abend bei Efruz, einem der dort lebenden finsteren Zauberer. Efruz kochte ihm die Speisen, die finstere Zauberer am liebsten essen. Efruz sagte allen anderen finsteren Zauberern Bescheid. Bis zum Morgen aßen und tranken und plauderten sie. Beko Avan verlor kein Sterbenswörtchen über den Grund seiner Reise nach Asura. Aber ab und an lockte er wie beiläufig im Fluss der Unterhaltung Informationen über den Palast, den König und das Pferd heraus. Die Zauberer gingen kurz vor Morgengrauen nach Hause, und Efruz zog sich in sein Zimmer zurück, damit Beko Avan sich ausruhen konnte.

Beko Avan gelang es mit der Hilfe von Efruz binnen weniger Tage, in den Palast vorzudringen und den jüngsten Sohn des Königs, Schapel, in der Weisheitsliteratur zu unterrichten. Schapel sollte schließlich einmal das Land übernehmen und hatte daher eine anstrengende Ausbildung vor sich. Der König überwachte die Ausbildung seines Sohnes höchstselbst und ließ für die verschiedenen Fächer, in denen sein Sohn unterrichtet werden sollte, aus der ganzen Welt Lehrer und Weise kommen. Beko Avan gelang es mittels List, Zauber und Lügen innerhalb kürzester Zeit, Schapel unter seinen Einfluss zu bekommen. Er gewann seine Zuneigung. Und zwar so sehr, dass Schapel unter all seinen Lehrern Beko Avan am liebsten hatte.

Schapel hatte seine Mutter in jungen Jahren verloren und träumte oft von ihr. Eines Morgens lief er zu seinem Lehrer und bedrängte ihn mit Fragen über den Tod, seine Mutter und Traumgesichte. Sein Lehrer erklärte ihm lang und ausführlich, was der Tod und das Nichtsein waren. Er schilderte den Tod in so schrecklichen Bildern, dass Schapel vor Furcht zitterte wie Espenlaub. Als er sah, dass Schapel Angst vor dem Tod hatte, wurde Beko Avan hoffnungsfroh. Nach einer schlaflosen Nacht kam Schapel zu seinem Lehrer und fragte ihn: »Herr Lehrer, gibt es denn gar nichts, was man gegen den Tod tun kann?«

Der Lehrer zeigte ihm den König, der sich gerade vorbereitete, um in den Krieg zu ziehen, und Ravân, und er beugte sich zum Ohr des Jungen nieder und flüsterte: »Dieses Pferd ist aus dem Paradies gekommen. Wer dieses Pferd besitzt, wird niemals den Tod schmecken müssen. Er wird unsterblich.« Beko Avan sah an jenem Tag, wie die Flammen der Neugier in der Seele Schapels züngelten. Er kam zu der Ansicht, dass sein Zauber gewirkt hatte, und verließ den Palast, um sich im Nebel des Mysteriösen zu verlieren.

Schapel hatte ein so sonniges Gesicht, dass selbst die Sterne ihn beneideten. Doch sein Auge lag weder auf dem Thron seines Vaters noch auf den schönen Mädchen von Asura, sondern einzig und allein auf Ravân. Während seine älteren Brüder die ganze Zeit darüber nachdachten, wie sie ihren Vater vom Thron stürzen und seinen Platz einnehmen könnten, malte sich Schapel jede Nacht aus, wie er dieses Pferd in seinen Besitz kriegen könnte. Es heißt, sein Wunsch sei so brennend geworden, dass er in den Zikkurats Tieropfer gebracht habe, damit sein Vater sterbe.

An einem jener Tage fasste Schapel den Entschluss, Ravân zu entführen. In der Nacht, da sein Vater siegreich von der Eroberung Amidas zurückgekehrt und sofort übermüdet eingeschlafen war, ging er in den Stall. Er fütterte Ravân, der monatelang seinen Vater in den Schlachtfeldern auf dem Rücken getragen hatte und von Sieg zu Sieg galoppiert war, mit Brot und streichelte seinen Hals, seine Brust, seine Schultern, seine Mähne, seine Stirn, seinen Rücken. Ravân aber war mit dem Eintreten des fremden Jungen unruhig geworden. Unverhofft und leichtfertig sprang Schapel auf Ravâns Rücken. Das Pferd schäumte vor Wut. Doch Schapel gab ihm die Sporen, rief: »Hü-Hott! Los, mein Junge! Brav so!« und ritt in die Berge. Das Pferd wieherte, bäumte sich auf und schoss wie ein Pfeil, brauste wie ein Sturm, zuckte wie ein Blitz. Mit einem Mal stand es aufrecht auf seinen Hinterbeinen, als wäre ihm ein riesiger Löwe begegnet, und schlug seine Vorderbeine blitzschnell auf den Boden. Bevor er wusste, wie ihm geschah, flog Schapel vom Rücken des Pferdes in einen tiefen Abgrund, auf dessen spitze, weiße Felsen er prallte.

Sobald der König hörte, dass Schapel Ravân entführt hatte, sprang er aus seinem Bett auf und rannte zum Stall, ohne auch nur seine Krone aufzusetzen. Als er sah, dass die Stalltür sperrangelweit offen stand, wurde er wahnsinnig. Mit seinen vertrauenswürdigsten Soldaten ritt er in die Berge. Als er Ravân vor dem Abgrund warten sah, rief er: »Mein Sohn! Schapel!« und stieg von seinem Pferd. Nicht wie ein König, sondern wie ein verwundeter Vater rannte er zum Rand der Schlucht. Er blieb stehen und starrte lange auf seinen Sohn am Grunde der Schlucht. Er sackte zu Boden, und mit geballten Fäusten schlug er auf seine Brust, seine Knie und seinen Kopf ein. Dann griff er die umstehenden Soldaten an und stieß zu Boden, wer ihm in den Weg kam. Er krallte seine Fingernägel in sein seidenes Gewand und zerfetzte es, dann zerkratzte er seinen Brustkorb und hob ein Wolfsgeheul an. Er reckte seine blutigen Hände gen Himmel und schrie aus voller Kehle: »Warum? Warum?«

Da keine Antwort kam, sackte er zu Boden und schlug mit Fäusten auf die Erde ein. Der König, der bis dahin kein einziges graues Härchen gehabt hatte, bekam an Ort und Stelle schneeweißes Haar und einen schneeweißen Bart.

Der König drehte sich zum Pferd und schrie so heftig: »Mörder!«, dass die Spucke ihm aus dem Mund flog. Ravân sah, dass der König an Haar und Bart ergraut und seine Brust aufgerissen war, und aus seinen Augen kullerten Tränen. Mit feuchten Augen blickte Ravân den König an und scharrte mit seinen Hufen, wie um Verzeihung bittend. Ravâns Stallmeister rannte sofort zum Pferd, schlang seine Arme um seinen Hals, blickte ihm in die Augen und sagte: »Geh fort! Lauf ganz weit weg!« Doch das Pferd tat nichts anderes, als ununterbrochen mit den Hufen zu scharren. Es bewegte sich nicht von der Stelle. Es wartete auf eine Reaktion. Der Stallmeister sagte noch einmal: »Lauf! Ich flehe dich an, lauf fort!«, und Ravân tat zwei Schritte. Der um den Verstand gebrachte König sprang auf seine Beine und streckte den Stallmeister mit einem Schwertstreich zu Boden. Ravân blickte traurig auf seinen sich am Boden krümmenden Stallmeister und lief fort. Der König schrie seine Soldaten an: »Festhalten!« König Darius und seine Soldaten jagten Ravân, bis sie ihre eigenen Pferde zugrunde geritten hatten.

Ravân ließ Berge, Städte, Täler, Höhen, Flüsse und Dörfer hinter sich und lief vierzig Tage und vierzig Nächte, bis er nach Samira kam. Samira war für seine Wildpferde, seine Steinhühner und Jäger berühmt. Die Menschen von Samira maßen die Zeit anhand des Schreis des Steinhuhns. Auf dem Berg Kırçal lebten Hirsche, Wildpferde und Bergziegen.

Für die Menschen von Samira war das Einfangen von Wildpferden ein Handwerk, in dem sie es zur Meisterschaft gebracht hatten und das die Väter an ihre Söhne weitergaben. Die Männer des Landes gingen häufig zur Jagd. Doch viele, die sich für ausgekochte Kerle hielten, versagten bei der Jagd auf Bergziegen in den steilen Felshängen. Bis zum heutigen Tag war es nur wenigen Männern aus Samira gelungen, eine Bergziege zu erlegen. Hatten sie mal eine Bergziege oder einen Hirsch erlegt, so hängten sie Hörner oder Geweih an den Wänden ihrer Häuser auf, damit sie Glück bringen und Böses von ihrer Familie abwehren. Die Macht eines Jägers wurde an der Länge der Hörner ihrer Jagdbeute gemessen. Bis zu jenem Tag hatte niemand einen Hirsch mit größerem Geweih erlegt als der Mir von Samira auf dem Berg Kırçal, nachdem er die Fährte seiner Beute drei Tage und drei Nächte verfolgt hatte. Für das Geweih dieses Hirschs hatte der Mir auf den Felsen eine Residenz aus weißem Stein errichten lassen. Wie eine Wolke ruhte das Haus auf den Felsen. Er nannte sie die Weiße Residenz. Über der Eingangspforte war das Geweih des Hirschs angebracht, das an einen riesigen Eichenbaum erinnerte. Nach jenem Tag war der Mir noch viele Male auf die Jagd gegangen. Niemals aber hatte er einen weiteren Hirsch erlegen können. Das wurde für ihn zu einer Frage der Ehre, und fortan ging er zu jeder Jahreszeit auf Jagd. Die Greise und die Weisen erhoben Einspruch, wenn er im Frühjahr jagen ging, doch es war unmöglich, dem Mir etwas vorzuschreiben.

Sobald Ravân nach Samira kam, begann man im Volk von seiner Schönheit, seinem Glanz, seiner Mähne, seinem Schopf und seinen Hufen zu sprechen. Wer das Pferd sah, war gebannt von seiner Schönheit. Es war das schönste Pferd, das die Menschen jemals gesehen hatten. Das sprach sich herum und machte Ravân binnen kürzester Zeit zu einer Legende.

Die Menschen von Samira vernachlässigten ihre Geschäfte, ließen alles stehen und liegen und suchten nach Ravân. Tagelang lief Ravân. Er hatte die Berge überwunden, deren Gipfel in den Himmel ragten, und die tiefen Täler durchquert, doch er wusste nicht, wo er hingehen sollte, wo er Zuflucht finden würde, was er tun sollte. Am Morgen des neunundvierzigsten Tages nach seiner Flucht drängten ein Vater und sein Sohn, die auf der Jagd nach Wildpferden waren, ihn in eine tiefe Schlucht. Das Pferd wieherte, bis Erde und Himmel seufzten, es blies seine Nüstern auf und schnaubte, es drehte sich um sich selbst, es bäumte sich auf, es scharrte mit den Hufen auf dem Boden und teilte Tritte in die Luft aus. Doch der Vater und sein Sohn, die bereits seit fünf Generationen Wildpferde jagten, gaben nicht auf. Aufgrund des großen Erfahrungswissens seiner Vorfahren konnte der Vater sämtliche Manöver vorausahnen, die ein Pferd machen konnte. Das Pferd bäumte sich weiter auf und wieherte zornig, es schlug seine Hufe hart auf den Boden und schnaubte. Die Menschen von Samira, die auf der Jagd oder bei der Feldarbeit, im Schlaf oder beim Stillen ihrer Kinder diese Geräusche hörten, dachten, es müsse ein schlafender Drache aufgewacht sein, und sie bekamen große Angst. Sie ließen alles stehen und liegen und blickten angespannt auf den Berg Kırçal. Kinder und Greise, Groß und Klein, Frauen und Männer fürchteten, jeden Moment werde der Drache vom Berg Kırçal zu ihnen herunterkommen.

Am selben Tag war der Mir mit seinen Freunden auf die Jagd gegangen und verfolgte die Fährte eines Hirschs. Als er das Erde und Himmel zum Seufzen bringende Wiehern des Pferdes hörte, ließ er von der Fährte ab und rannte ins Tal.

Der hochgewachsene, schnauzbärtige, dunkeläugige Mir von Samira wurde für seine Furchtlosigkeit gerühmt. Einmal, in seiner Jugend, hatte er auf dem nächtlichen Heimweg aus der benachbarten Stadt bis zur Dämmerung mit einem Schatten gerungen, der ihm den Weg versperrt hatte. Er war nach Hause gekommen, hatte sich auf sein Bett geworfen und war sofort eingeschlafen. Am Morgen sahen die Diener, dass seine Kleider voller Blut waren. Sie bekamen Angst, dass dem Mir nachts etwas zugestoßen sei. Der Mir erzählte seinen Männern, dass er auf dem nächtlichen Heimweg mit jemandem gekämpft habe. Als die Männer an den Ort kamen, den der Mir ihnen beschrieben hatte, was sahen sie da – es war ein riesengroßer Bär, mit dem der Mir des Nachts gerungen und den er schließlich getötet hatte. Die Nachricht, dass der Mir mit bloßen Händen einen riesengroßen, männlichen Bären erdrosselt hatte, verbreitete sich wie ein Lauffeuer. Seine Feinde fürchteten sich vor seinem Zorn und schrumpften, seine Freunde aber wuchsen an seinem Mut.

Dieser Mir also stand dem Rappen gegenüber, starrte ihm in die Augen und schritt auf ihn zu. Seine Männer und seine Freunde flehten ihn an: »O Mir, bleib stehen, geh nicht weiter!« Der Mir stand jetzt kurz vor dem Rappen. Der Rappe bäumte sich auf und wieherte zornig. Er schüttelte seine lange Mähne und seinen Schopf, der ihm immer in die Stirn fiel, er riss seine Augen weit auf, schlug mit seinem Schweif nach links und nach rechts und schnaubte heftig. Ohne auch nur einen einzigen Schritt zurückzuweichen harrte der Mir vor dem Pferd aus und starrte in seine tiefschwarzen Augen.

Die Sonne ging unter, es ward Nacht, der Mond und die Sterne standen am Himmel, es ward Morgen, die Sonne ging wieder auf, die Schatten wurden kürzer, doch weder der Mir noch das Pferd rührte sich vom Fleck. Als am Ende des dritten Tages die Sonne im Untergehen begriffen war, tat der Mir einen Schritt auf das Pferd zu. Das Pferd tat auch einen Schritt, ohne zu blinzeln. Der Mir streichelte den Hals, die Brust, die Schultern, den Rücken, die Mähne und den Schopf des Hengstes. Der Hengst atmete tief und beschnupperte den Mann. Der Mir schwang sich auf den Rücken des Rappen. Zuerst trabte das Pferd, dann galoppierte es und brauste wie ein Windhauch und donnerte wie ein Sturm.

Der Mir stieg vom Pferd ab. Er küsste es auf die Stirn, streichelte ihm die tiefschwarze Mähne, die auf seinen Hals fiel, und sagte: »Brav, mein Junge! Brav, mein Junge!« Vor Glück ging ihm das Herz über. Bevor der Mir den Hengst an seinen Stallmeister übergab, küsste er ihn nochmals auf die Stirn und flüsterte ihm seinen Namen ins Ohr: »Ba!«

Wenn es nach dem Mir ging, war Ba das schönste, beste und schnellste Pferd auf der Welt. Deshalb rief er die besten Architekten und Steinmetze von Samira zusammen und ließ neben die Weiße Residenz einen Stall bauen. Dass er Ba mehr liebte als alles andere, hatte er Mal um Mal in der Versammlung seiner Vertrauten verlauten lassen. Einer Überlieferung zufolge hatte der Mir seinen Freunden, seinen Angehörigen und seinem Stallmeister Ibrahim das Vermächtnis anvertraut, nach seinem Tod gemeinsam mit seinem Pferd begraben werden zu wollen.

So folgten Tage auf Nächte und Nächte auf Tage. Das Himmelsrad drehte sich ohne Unterlass. Das Himmelsrad drehte und drehte sich, und nach vielen Drehungen kam es über der Weißen Residenz zu einem Halt. Die schlechten Tage krochen einer nach dem anderen hervor aus ihrem Versteck, wo sie sich gemeinsam mit den Hirngespinsten verborgen hatten, denen der Stallmeister Ibrahim längst verfallen war. Möge das Himmelsrad erblinden! Der Stallmeister Ibrahim hatte sich in Ba verguckt, wie man sich in ein junges Mädchen verguckt; nein, er hatte sich regelrecht verliebt. Bis auf Mark und Bein. Kein Moment, in dem er nicht an Ba gedacht und sich gefragt hätte, was Ba wohl gerade tat. Nach einer Weile konnte Ibrahim nicht mehr schlafen, nichts mehr essen, nichts mehr trinken. »Ibrahim ist der Schwarzgalligkeit verfallen!«, flüsterte man bald überall. Manche behaupteten, Ibrahim habe sein Herz an Sara, die überaus schöne Tochter des Mir, verloren; andere wussten, dass ein Zigeunermädchen es ihm geraubt hatte, und wieder andere, dass es eine Fee gewesen war. Aber niemand kam auf den Gedanken, dass Ibrahim sein Herz an das Pferd verloren hatte.

Die Saat der Eifersucht ging rasch auf in Ibrahims Herz und umrankte seine Seele wie eine Schlingpflanze, bis sie kein Licht mehr sah. Ibrahim wurde sogar eifersüchtig, wenn der Mir abends mit Ba ausritt. Sobald die beiden auf der Flur waren, schlug Ibrahim auf alles ein, was ihm in die Quere kam, und verletzte sich selbst. Er bot Tieropfer in seinem Ansinnen dar, der Mir möge vom Pferd stürzen und gelähmt sein, er ließ sich riesenhafte Amulette kalligrafieren und von Hexen Zaubersprüche sagen. Doch siehe da, weder fand sein Opfer Gefallen in den Augen des Herrn, noch nutzten ihm die Amulette, die ihm unverheiratete alte Frauen vollschreiben mussten, noch wirkte der Hexenzauber.

Ibrahim schmiedete Pläne, Ba zu entführen. Eines Tages blickte er in sein verhärmtes Gesicht im Spiegel und sagte: »Ich werde Ba entführen, und wenn es mich den Kopf kostet.« Als in der Weißen Residenz alle entschlummert waren und der Vollmond sich hinter dichten Wolken versteckte, in jener neunzehnten Nacht des Monats Nisan, schrak er vom dreimaligen Ruf des Aufziehvogels aus seinem Schlaf auf. Sein Gemüt war von kalten Plänen, sein Herz hingegen von lodernder Eifersucht erfüllt. Drei Mal küsste er den Dolch seines Großvaters und träufelte drei Tropfen vom Gift der Kobra auf seine Klinge.

Behände wie ein Dieb huschte er durch die Korridore,

Pforten und Gärten der Residenz. Vor der Tür der Bestallung blieb er stehen, wischte sich den Schweiß von der Stirn und bedeckte sein Antlitz mit Todesmut. Er atmete tief durch und betrat den Stall. Ba wurde unruhig, bäumte sich auf und wieherte. Dann trat er aus, schlug zornig mit dem Schweif um sich und forderte den Eindringling heraus. Als Ibrahim sah, dass die Mähne des Hengstes wie die eines Mädchens zu Zöpfen geflochten war, bekam er es mit der Angst zu tun. Er öffnete Bas geflochtenes Langhaar und streichelte seinen Hals, seine Schultern und seine Brust. Mit einem Kamm aus Kamelknochen kämmte er ihm die Mähne, den Schopf und den Schweif.

Ibrahim wollte Ba hinausführen, bevor jemand kam, doch Ba leistete mit aller Kraft Widerstand und bohrte seine Vorderbeine förmlich in den Boden. Ibrahim stieß und bedrängte ihn, doch es war unmöglich, Ba vom Fleck zu bewegen. Keinen einzigen Schritt tat das Pferd. Vor lauter Ungeduld wusste Ibrahim in dieser Unglücksnacht nicht mehr, was er tun sollte, und ohne zu denken griff er nach der Peitsche und schlug zu. Ba rastete aus. Er stützte sich auf seine Vorderläufe und rammte Ibrahim zwei Mal hintereinander beide Hinterläufe gegen den Brustkorb und wieherte laut. Die Tritte schmetterten Ibrahim gegen die Stallwand.

Als Ba noch einmal wieherte, begannen die Hunde zu bellen, die Hähne zu krähen, die Steinhühner zu knarren, die Waldvögel mit den Flügeln zu schlagen, die Hühner umherzuflattern, die Fledermäuse durcheinanderzufliegen und der Aufziehvogel zu rufen. Der Mir schreckte aus dem Schlaf auf und lief zu den Stallungen. Alle in der Residenz schreckten aus dem Schlaf auf. Die Gemächer füllten sich mit Furcht und Ungewissheit. Der Mir gab Ba aus seiner Hand Weizen und Gerste zu fressen, damit er sich beruhige, und strich über seine Mähne. Den in einer Blutlache am Boden liegenden Ibrahim ließ er in seine Kammer tragen.

Damit Ibrahim genese, ließ der Mir die besten Ärzte von Samira kommen und auch die Zauberer und Wunderheiler und Hexen. Doch jeden Tag verschlimmerten sich die Wunden des Stallmeisters und sein Gesicht wurde wächsern. Die Wunden füllten sich mit Eiter und die Knochen wollten nicht zusammenwachsen. Von Tag zu Tag wurde Ibrahim schwächer und kam dem Tode immer näher.

In Begleitung seines besten Arztes betrat der Mir Ibrahims Kammer. Ibrahim schlief. Der Arzt roch an Ibrahims Wunden und untersuchte ihn mit seinen Händen. Je länger er den Wundgeruch aufnahm, desto mehr wich die Zuversicht aus seinem Gesicht. Da öffnete Ibrahim die Augen und wurde ungewollt zum Mithörer des Gesprächs zwischen dem Arzt und dem Mir. Der Arzt sagte, es sei ausgeschlossen, dass Ibrahim noch einmal genese, und so gut wie sicher, dass er in Kürze sterben werde. Ibrahim ging auf, dass jene Nacht eine Unglücksnacht gewesen und er unter einen Fluch geraten war, weil er Ba hatte entführen wollen.

Am nächsten Tag, als der Mir seinen Stallmeister besuchen kam, klammerte Ibrahim sich an seine Hände, gestand alles und bat den Mir um Vergebung. Ibrahim starb noch während seine Augen den Mir flehentlich um Gnade ersuchten. Der Mir aber hatte für nichts anderes einen Sinn als für sein Pferd und vergab Ibrahim nicht. Seine Zuneigung zum Stallmeister verwandelte sich in tiefschwarze Wut und uferloses Rachebegehren. Er verbot, dass der Leichnam Ibrahims bestattet werde. Er befahl seinen Männern, die schwärenbesetzte Leiche in ein tiefes Tal zu werfen, damit sie von Wölfen und Vögeln gefressen werde. Sein geistiger Ziehvater Süleyman, seine Handlanger und die Bediensteten der Weißen Residenz, die Notabeln von Samira, nahe und ferne Freunde und der gesamte Klerus kamen zusammen, doch niemand vermochte den Mir von seinem Beschluss abzubringen.

Sara, die überaus schöne Tochter des Mir, träumte in der Nacht jenes Tages, an dem Ibrahim starb, von einem Rappen. Das Pferd kam mit einem Reiter auf dem Rücken auf sie zu. Als sie erwachte, pochte ihr Herz heftig und wollte nicht mehr in ihren Leib passen. Sie stand aus dem Bett auf und ging zum Fenster. Sie wieherte hinüber zu dem Stall, in dem Ba stand. Dann wartete sie eine Weile am Fenster. Als sie gerade wieder zu ihrem Bett zurückgehen wollte, wieherte Ba ihr zweimal hintereinander zurück. Nach jenem Tag gab Ba jedes Mal Antwort, wenn Sara nach ihm wieherte, wo und wann auch immer es war. So nannte man Sara bald »die Frau, die mit dem Pferd spricht«.

Der Verrat Ibrahims hatte den Mir furchtbar getroffen. Er vertraute niemandem mehr. Er betrachtete jeden mit Misstrauen und vermutete ständig, dass die Menschen in seiner Umgebung gegen ihn Intrigen ausheckten. Vor lauter Furcht, dass man Ba stehlen würde, bekam er Albträume und sprang jede Nacht schweißgebadet von seinem Lager auf. Die Männer, denen er noch am meisten vertraute, stellte er als Wächter vor den Stall. Auf Anraten seines geistigen Ziehvaters Süleyman entschloss er sich, einen neuen Stallmeister für Ba zu finden.

Seine Boten liefen los, seine Tauben flogen davon, seine Reiter ritten mit dem Wind um die Wette. Tauben und Raben, Krähen und berittene Boten trugen den Befehl des Mir in die weite Welt hinaus. »Hört ihr Leut und lasst euch sagen, der Mir wird einen Stallmeister für sein legendäres Pferd Ba erwählen!«, riefen sie aus.

Da der Ruhm Bas sich überall verbreitet hatte, brachen die Leute in Scharen auf. Mancher ließ seinen Thron zurück, mancher seine Frau, mancher seinen Geliebten, mancher seine bettlägerige Mutter, mancher seinen Vater. Vor der Residenz herrschte ein apokalyptisches Gewimmel.

Jeden Morgen schaute der Mir gemeinsam mit seiner Tochter Sara vom Fenster im obersten Stockwerk der Residenz auf die Menge der Wartenden. Manchmal wies er mit dem Finger auf den ein oder anderen und erklärte seiner Tochter Sara, wer sie waren.

Sara suchte beständig unter den Ankommenden nach dem Reiter, von dem sie geträumt hatte, und verging vor Kummer, weil sie ihn nicht ausmachte. Nichts war von ihrer früheren Fröhlichkeit geblieben. Jeden Tag war etwas davon abgeschmolzen. Die Zofen und Ärzte flatterten um sie herum, niemand wusste ihr zu helfen. Jeden Morgen aber stellte sie sich voller Hoffnung mit ihrem Vater ans Fenster und schaute auf die Menschen, die vor der Residenz warteten.

In der Nacht des vierzigsten Tages hatte Sara einen weiteren Traum. Der Rappe flog förmlich auf sie zu, hielt vor ihr an, und der Reiter nahm sie zu sich auf den Pferderücken und entführte sie auf den Gipfel des Berges. In der Aufregung, die der Traum hinterlassen hatte, trat Sara ans Fenster und blickte auf das Durcheinander der Menschen, die voller Hoffnung aus fernen Ländern gekommen waren, um vor der Residenz zu warten. Sie hob ihr Haupt gen Himmel und wieherte. Ba, der unruhig im Stall auf und ab schritt, antwortete ihr. Als Sara zu ihrem Bett zurückkehren wollte, sah sie plötzlich Amar, wie er vom Bergtor her in die Stadt gelaufen kam. Sie fürchtete, ihr Herz würde aus ihrer Brust springen. Als Amar seinen Kopf hob und sie anschaute, fiel Sara in Ohnmacht und sank zu Boden.

Amar hatte in der Nacht jenes Tages, da Ibrahim seine Schuld bekannt und den Mir um Verzeihung gebeten hatte, einen Traum. Ein Rappe galoppierte auf ihn zu. Der Rappe bäumte sich auf und wieherte, schlug dann seine Hufe in den Boden und blieb vor ihm stehen. Amar stieg auf den Rappen, dessen Mähne seinen Hals bedeckte, dessen Schopf auf seine Stirn fiel und dessen Schweif bis zum Boden reichte, doch es gelang ihm nicht, das Pferd vom Fleck zu bewegen. Es stand reglos da, als wäre es an den Boden genagelt. Hilflos hob Amar seinen Kopf und schaute auf den Felsen. Von dort aus beobachtete ihn eine junge Frau, die weiß gekleidet war. Als die Frau wieherte, schoss das Pferd unter ihm los wie ein Pfeil, erklomm den Felsen und blieb vor der Frau stehen. Amar nahm sie hinter sich auf den Pferderücken und ritt los, auf den Berggipfel zu. Dabei erwachte er. Er war verschwitzt und außer Atem. Durch seinen Kopf tanzten Fragmente des Traumes. Dann dachte er, es sei eben nur ein Traum gewesen, und blickte traurig in den Himmel. Als eine Sternschnuppe nach Westen und eine nach Osten fiel, wünschte er sich schnell, das Pferd und die Frau aus seinem Traum zu sehen. Plötzlich musste er daran denken, wie der Koch des Tyrannen Dhohhâk ihm zugerufen hatte: »Flieh, Junge, flieh! Flieh auf den Berg und komm nie wieder herunter! Komm nicht zurück!« und er durch die Hintertür des Palastes entkommen und auf den Berg zugelaufen war, während sein kleiner Bruder, dessen Gehirn wenige Minuten später den aus Dhohhâks Schultern wachsenden Schlangen zum Fraß gegeben werden sollte, weinend hinter ihm herrief: »Lass mich nicht allein, Amar! Geh nicht weg!« Er schaute nach seinen Freunden, die sich davor hatten retten können, dass ihre Gehirne von den aus Dhohhâks Schultern wachsenden Schlangen gefressen wurden. Jetzt lagen sie eng umschlungen im Schutz des Berges und schliefen. Mit einem Mal erfasste ihn die Schwermut. Er stand auf und ging los, während er an den auf ihn zugaloppierenden Rappen und die Frau in weißem Gewand dachte. Er hielt nach dem Polarstern Ausschau und wanderte mehrere Tage lang.

Tagsüber schlief Amar und nachts lief er. Er durchquerte dicht bevölkerte Städte und sägezahnspitze Gebirge, unermesslich weite Täler und Flüsse, die in der Hoffnung strömten, das Meer zu erreichen, Todesschattenschluchten und Wälder, die niemals eine Axt gesehen hatten. Er wusste nicht, wohin er lief, wohin er laufen wollte und was er dort tun würde. Jede Nacht aber hielt er Ausschau nach dem Polarstern, bevor er aufbrach, und hörte beim Wandern auf die Stimme in seinem Inneren. Wann immer er seinen Kopf niederlegte, um zu schlafen, träumte er von dem Rappen und der weiß gekleideten

Frau, die mit dem Pferd sprach. Am Ende des siebten Tages begann er zu glauben, dass die Frau im weißen Gewand und der Rappe ihn riefen. Er dachte an nichts anderes mehr.

Eines Tages stieß Amar an einer Quelle auf einen alten Mann und erzählte ihm seinen Traum. Der Siebzigjährige, dessen Bart bis auf seine Brust reichte, erzählte Amar vom Mir, von Ibrahims verfluchtem Schicksal, von Sara, der überaus schönen Tochter des Mir, die mit einem Pferd sprach, und von dem unvergleichlichen Pferd des Mir. Amar hörte ihm zu. Das Pferd, von dem der alte Mann erzählte, war das Pferd, das er in seinen Träumen sah und in dessen Bann geschlagen er die Wildnis durchquerte. Er dachte, dass Sara, die überaus schöne Tochter des Mir, die mit dem Pferd sprach, wohl die weiß gekleidete Frau aus seinem Traum sein müsse. Völlig außer sich, die Spur des Pferdes und der Frau aus seinem Traum gefunden zu haben, küsste er die Hände des bärtigen Greises und nahm sein Segensgebet für seine weitere Reise an. Seit jenem Tag lief er Tag und Nacht ohne Unterlass auf das zwischen zwei Flussläufen auf einem hohen Berg errichtete Samira zu, das ihm der Greis beschrieben hatte.

Furchtlos durchquerte er das Habichtstal, einen finsteren Wald, den Weißwasserfluss, unbewohnte Wüsten, verlassene Städte, menschenleere Dörfer und ehemalige Schlachtfelder. Je näher er Samira kam, desto erregter wurde er, und mit jedem Schritt wurde seinem Herzen die Brust noch ein wenig enger.

Amar erreichte am Morgen des vierzigsten Tages nach seinem Aufbruch den Berg, auf dem Samira liegt. Im Laufschritt stürmte er durch das Bergtor, eines der vier Stadttore. Lange blickte er auf die Weiße Residenz auf der Anhöhe. Die Mauern waren in der Tat strahlend weiß. Man konnte meinen, die Residenz sei eine auf die Erde gesunkene Wolke. Jedes Fenster war groß wie ein Scheunentor. Verblüfft starrte Amar auf die breiten Fenster, die kalkweißen Wände und die weiß gekleideten Bediensteten. Bis zu diesem Tag hatte er so einen prächtigen Palast weder gesehen noch sich vorstellen können. Er betrachtete die Intarsien in den Wänden und wieder die riesigen Fenster. Plötzlich fiel sein Blick auf die Frau im Fenster des obersten Stockwerks, und sein Herz pochte heftig und wollte nicht mehr so recht in seinen Leib passen. Im Glücksrausch trat er auf den Platz vor der Weißen Residenz, der voll war mit Menschen, die Stallmeister für Ba werden wollten. Manche hatten sich vor Müdigkeit auf dem Boden niedergelassen, manche redeten mit allzu lauter Stimme mit anderen Wartenden, manche lobten die Schönheit Bas. Amar wusste nicht, was er in diesem apokalyptischen Durcheinander tun oder an wen er sich wenden sollte. Also stellte auch er sich in die lange Schlange, in der jeder jeden schubste und andauernd kleine Raufereien ausbrachen.

Als die Sonne schon untergehen wollte, gelangte er vor Süleyman, den geistigen Ziehvater des Mir. Wie ein Magier schaute Süleyman in die Gesichter und Augen, dann auf die Füße und in die Handflächen der Menschen, die vor ihm standen, und fällte dann eine Entscheidung. Manche schickte er sofort zurück. Manche hieß er warten. Manche nahm er mit sich durch die Pforte mit dem doppelköpfigen Adler, die in die Residenz führte, und brachte sie in den Garten. Wenn jemand gegen diesen Auswahlprozess protestierte, ließ Süleyman ihm den Kopf abschlagen und zur öffentlichen Abschreckung auf einem Pfahl aufspießen. Hoch über der Pforte der Residenz staken Tausende von Pfählen mit Köpfen von Königen, Prinzen und gemeinen Männern, von denen mancher noch eine Krone trug, mancher barhäuptig war und mancher umrahmt von einem langen Haarschopf.

Süleyman warf einen Blick auf den schmächtigen Amar, der sich vor ihm aufgebaut hatte, und wollte ihn schon aussortieren, da fragte er noch: »Wozu bist du hergekommen?« Amar sagte ihm, dass ihm im Traum ein Rappe und ein weiß gekleidetes Mädchen, das mit ihm sprach, erschienen seien und er seither nicht mehr schlafen könne, dass er glaube, der Rappe und das weiß gekleidete Mädchen riefen ihn zu sich, und er deshalb hergekommen sei. Süleyman zögerte. Man erzählt, er sei aufgestanden, habe sein Schwert aus der Scheide gezogen und Amar angefahren: »Hast du denn keine Angst?« Amar habe sich gebückt, vom Boden eine Hand voll Staub aufgenommen und in den Wind gestreut und geantwortet: »Entweder zerstiebe ich vom Wind wie dieser Staub, oder ich erreiche mein Ziel.« Süleyman, der normalerweise den Menschen in die Handflächen schaute, um ihr Schicksal zu lesen, dachte, dass nun endlich der Mann gekommen war, den er erwartet hatte, und führte ihn durch die Pforte mit dem doppelköpfigen Adler in den Garten der Residenz. Alle anderen schickte er umgehend zurück nach Hause.

Als Süleyman dem Mir von Amar erzählte, ließ der Mir alles stehen und folgte Süleyman in den Garten. Er musterte Amar und fragte: »Was ist das Schwerste auf der Welt?« Amar sagte: »Mein Mir, das Schwerste auf der Welt ist, wenn man Besucher zu Hause hat und nichts im Haus, was man ihnen abends zum Essen anbieten kann, und wenn du dann deine Frau anschaust und deine Frau dich.« Dem Mir gefiel Amars weise Antwort sehr. Er gab ihm eine Kiste voller Gold. Sie gingen gemeinsam in den Stall mit der hohen Decke. Die Wände waren voller bunter Kacheln, die Türen mit Schnitzereien verziert. Als Amar Ba sah, war er sehr aufgeregt. Er plauderte sofort aus, dass das das Pferd war, das ihm seit Tagen im Traum erschien und ihn zu sich rief. Der Mir betrachtete diesen Traum als ein segensreiches Zeichen. Ba wendete sich um und schaute Amar an, als habe er einen verlorenen Freund wiedergefunden, und wieherte zwei Mal hintereinander. In diesem Augenblick ging auch Sara ans Fenster und wieherte. Der Mir betrachtete das Wiehern des Pferdes und seiner Tochter als segensreiches Zeichen und kehrte voller Zufriedenheit in seine Weiße Residenz zurück, im Glauben, endlich den Mann gefunden zu haben, den er suchte.

Am Ende des vierzigsten Tages ließ er verkünden, dass er einen Stallmeister für sein Pferd gefunden habe. Er nahm Amar und Ba an seine Seite und zeigte sich den Menschen, die neugierig und freudig auf dem Platz warteten.

Am Abend jenes Tages zog Amar in die Weiße Residenz ein. Der Mir rief am nächsten Tag Süleyman und Amar zu sich und ging in den Stall. Er erklärte Amar ausführlich und eines nach dem anderen, wie lieb er Ba hatte, wie der Stallmeister Ibrahim Hochverrat begangen hatte, was mit ihm dann geschehen war, dass seine einzige, überaus schöne Tochter Sara mit dem Pferd sprach, was genau die Pflege des Pferdes im Einzelnen erforderte und welche Regeln in der Residenz galten. Amar sagte jedes Mal: »Ich habe verstanden, mein Mir.« Der Mir und Süleyman zogen sich auf ihre Zimmer zurück, Amar und Ba blieben alleine im Stall.

Amar summte zuerst ein Lied, dann lenkte er seinen Blick in die Augen des Pferdes und begann ihm zu erzählen, wie man einem alten Freund seine Sorgen erzählt. Er erzählte von seiner Mutter, deren Haar auf ihre Schultern fiel, von seinem Vater, der einen dichten Bart hatte, von seiner Schwester, die ein Schönheitsmal im Gesicht trug, von seinem Zuhause, wo das Dach aus Lehm und die Wände aus Stein waren, von seinem Dorf, das am Hang eines Berges stand, von dem Brunnen, dessen Wasser so frisch und kalt waren, dass sie Weintrauben zum Platzen brachten, vom Tyrannen Dhohhâk, der mit zwei Schlangen in seinen Schultern leben musste, von den Schlangen des Tyrannen Dhohhâk, die sich von den Hirnen von Kindern ernährten, von den Soldaten, die in sein Dorf gekommen waren, um seinen Bruder und ihn zu verhaften, von den Köchen des Tyrannen Dhohhâk, die ihn heimlich auf den Berg geschickt und das Hirn seines Bruders an die Schlangen verfüttert hatten, von dem Traum, den er gehabt hatte, und von dem bärtigen Alten, dem er unterwegs begegnet war. Das Pferd hörte Amar geduldig zu, und manchmal flossen Tränen aus seinen Augen.

Während Amar mit dem Pferd sprach, hörte er die Stimmen von Mädchen, die miteinander spielten und Lieder sangen. Sie lachten und musizierten im Garten, und eine war schöner als die andere. Eine spielte Zither, die andere Laute, und die Dritte sang dazu. Amar und Ba schwiegen und lauschten dem Lachen der Mädchen, ihren Liedern und dem traurigen Ton der Zither und der Laute. Sara war eines von ihnen. Sie stand auf und ging auf Amar zu, der ihr zugehört hatte. Als Amar das weiß gekleidete Mädchen aus seinem Traum erkannte, wurde er blass und stürzte zu Boden.

Sara war ein hochgewachsenes, schwarzhaariges, überaus schönes Mädchen. Sie war die einzige Tochter des Mir. Ihre Mutter starb kurz nach ihrer Geburt an einer Krankheit. Der Mir hatte kein zweites Mal geheiratet. Er war seiner Tochter, für die er sowohl Vater als auch Mutter war, vollkommen verfallen. Saras Schönheit, ihre Stimme, ihre Klugheit und ihre Angewohnheit, mit dem Pferd zu sprechen, waren Stoff für Legenden. Als Sara schließlich vor ihm stand, schämte sich Amar und wagte nicht, sie anzusehen. Die Mädchen riefen: »Der Mir kommt!«, und Sara zog eine aus Hirschbein gefertigte Spange aus ihrem Haar und drückte sie Amar in die Handfläche. Amar blieb wie angewurzelt stehen. Die Sonne ging unter, der Abend brach an, es wurde Nacht, doch Amar stand immer noch wie angewurzelt.

Amar konnte weder essen noch trinken, er konnte an nichts anderes mehr denken als an Sara. Er irrte durch jede Ecke der Residenz, lief in den Garten, doch nie sah er sie. In seinem Kopf spann er Tausende widersprüchlicher Geschichten. Er überlegte hin und her, und vertraute sich schließlich dem ältesten Palastangestellten an: dem geistigen Ziehvater des Mir, Süleyman. Als Süleyman Amar zuhörte, strahlte sein Gesicht, er machte große Augen, aus seiner Stimme erklang der Frühling. Er lächelte. Er wurde traurig. Er wurde fröhlich. Er schaute Amar an und streichelte sein Haar: »Amar, mein Sohn, du bist der Schwarzgalligkeit verfallen. Ich freue mich für dich!« Dann hob er sein Haupt, schloss seine Augen ganz fest und horchte nach den Stimmen aus der verborgenen Welt. »Amar, mein Sohn«, fügte er hinzu, »die Liebe ist das Schönste, was den Menschenkindern gegeben werden kann. Doch zugleich ist die Liebe auch das Schlimmste, was einem Menschenkind zufügt werden kann. In unserer Dichtung heißt es: Liebe bedeutet, ein Boot aus Wachs über ein Meer von Feuer zu steuern. Deine Heilung ist Sara. Eine andere Medizin gibt es für dich nicht. Doch der Mir hält zitternd seine Hand über seine einzige Tochter Sara, und sie ist verlobt. Sei also sehr vorsichtig. Sonst findest du deinen Kopf auf einem Pfahl wieder.«

Als Süleyman Amar anschaute, erinnerte er sich an seine Jugend und an Balkis, für die er Feuer und Flamme war; an den Königsthron, den er auf einer Wasseroberfläche gebaut hatte; an die Ameise, die den anderen zurief: »Lauft weg! Da kommt Süleyman!«, und an die Vögel, deren Sprache er sprach. Das machte ihn sehr traurig. Mit der Eifersucht eines Mannes schaute er Amar an, doch dann verriet er ihm einen Weg, in Saras Kammer zu gelangen. Und in jener Nacht nahm Amar, sobald es dunkel wurde, heimlich den Weg zu ihrer Kammer, den Süleyman ihm verraten hatte.

Auch Sara war aus Kummer über Amar ganz krank geworden. Als sie ihn sah, blühte sie auf wie eine Blume, die man wieder ans Sonnenlicht stellt. Lange schauten sie einander in die Augen und umarmten sich. Von nun an huschte Amar jede Nacht, sobald alle anderen in ihren Betten lagen, die dunklen Korridore entlang, erklomm Mauern und stieg durchs Fenster in Saras Kammer. Wenn die Steinhühner anfingen zu rufen, kehrte Amar auf demselben Weg wieder in sein Zimmer zurück. So ging es tagelang, monatelang, jahrelang.

Doch eines Tages geschah es, dass Amar und Sara eng umschlungen einschliefen. Ausgerechnet an jenem Morgen kam der Mir unverhofft in die Kammer seiner Tochter. Als er Amar in den Armen seiner Tochter sah, wurde er rasend. Er schäumte vor Wut. Er zog seinen Dolch und wollte Amar töten, doch Sara warf sich dazwischen und rief: »Baba, töte lieber mich!« Der Mir ließ davon ab, Amar zu töten. Er warf ihn in einen finsteren Kerker unter der Weißen Residenz, und Sara sperrte er in eine Burg hoch auf dem Berg. Und alle Zofen und Kammerdienerinnen von Sara ließ er köpfen.

Der Mir hielt Amar vierzig Tage und vierzig Nächte im Kerker gefangen. Am Morgen des vierzigsten Tages ließ er ihn aus dem Kerker holen und im Garten an einen Baum ketten. Er ließ tiefe Wunden in seine Schultern stechen. In diese Wunden steckte er je eine große Kerze und zündete sie an. Die Kerzen brannten in Amars Leib. Amar kniff seine Augen zusammen, ohne zu wimmern, und dachte an Sara. Er dachte daran, wie er mit ihr im Garten gesessen hatte, in ihre Augen geschaut, ihre Lippen geküsst hatte, und er stellte sich vor, sich auf Bas Rücken zu schwingen und über die Berge davonzureiten. Je tiefer die Kerzen herunterbrannten, desto fahler wurde Amars Gesicht, und seine Züge verzogen sich vor Schmerz, doch nicht ein einziges Mal entfuhr ihm ein Schrei oder auch nur ein Seufzer.

Die Kerzen, die in seinen Schultern steckten, erinnerten Amar an die Schlangen, die in den Schultern des Tyrannen Dhohhâk lebten, an die man das Gehirn seines Bruders verfüttert hatte. Wenn er an seinen Bruder dachte, bekam Amar feuchte Augen. »So endet es also mit mir«, dachte er sich. Da kam der Mir zu ihm. Er umschritt ihn wieder und wieder, atmete den Geruch des versengten Fleisches ein und starrte auf die Kerzen. Er fragte ihn: »Gibt es eine ärgere Strafe als diese?« Amar nahm seine Kraft zusammen und schaute den Mir verächtlich an. »Ja, die gibt es, mein Mir!«, antwortete er. Verblüfft fragte der Mir: »Und was für eine Strafe soll das sein, die ärger ist als diese?« »Mein Mir, es gibt eine Strafe, die ärger ist als diese«, hielt er ihm entgegen, und der wütende Mir forderte ihn heraus und fragte noch einmal: »Was für eine Strafe soll das denn sein, die ärger ist als diese?« Amar schluckte und sagte: »Mein Mir, die Strafe, die ärger ist als diese, ist, atmen zu müssen, ohne Sara sehen zu dürfen!« Der Mir überlegte hin und her, dann sagte er: »Amar, du bist ein kluger Kerl« und befahl seinen Männern: »Bindet ihn los!« Der Mir sagte zu Amar: »Ich werde dich verschonen, aber du musst Samira augenblicklich verlassen.«

Süleyman brachte Amar in sein Zimmer und reinigte mit der Sorgfalt eines Palastarztes seine Wunden, salbte sie mit zerstampften Heilkräutern und verband sie. Dann setzte er Amar auf ein Pferd und schärfte ihm ein: »Geh zum Mir von Garzan. Richte ihm schöne Grüße von Süleyman aus.«

Am Abend jenes Tages verließ Amar, verwundet wie er war, Samira und ritt drei Tage und drei Nächte ins Gebirge. Er durchquerte enge Schluchten und erklomm hohe Berge, und im Morgengrauen der dritten Nacht gelangte er nach Garzan, das an Bergsäumen erbaut und für seine durch die Lüfte segelnden Adler und seine prallen, berstenden, sauren Granatäpfel berühmt war. Garzan war von allen Seiten von Bergen umgeben. Auf den fruchtbaren Böden der Bergsäume wuchsen Weintrauben und Granatäpfel. An den Wänden der Häuser, auf dem Schmuck der Frauen, in den Drechseleien an den Türen und auf den Knäufen der Dolche fand man unzählige verschiedene Granatapfelmotive. Die Berge waren steil und fast ohne Pässe. Der Schnee fiel tagelang und blieb monatelang liegen. Die Gipfel mancher Berge waren allezeit von Schnee bedeckt. Die Menschen von Garzan hatten viele unterschiedliche Bräuche, und sie waren ihren Bräuchen sehr verbunden. Einer der wichtigsten bestand darin, das Gesicht zu verhüllen, wenn man einen Eid leistete oder ein Versprechen gab. Man enthüllte es erst wieder, wenn man den Schwur eingelöst hatte. Das Volk von Garzan und das Volk von Samira waren sehr entfernte Verwandte. Sie nannten einander Kirivo, was so viel wie Patenonkel oder Patentante heißt.

Die Männer des Mir von Garzan fanden Amar an einem Bergpass auf dem Rücken eines Pferdes. Er war ohnmächtig. Sobald er seine Augen öffnete, sagte er zu dem Arzt, der sich über ihn beugte, um seine Wunden zu verbinden: »Mein Mir, ich soll dir Grüße von Süleyman ausrichten.« Der Arzt gab dem Mir Bescheid, und sobald der Mir die Grüße empfing, rannte er zu dem Ankömmling. Er sagte zu Amar: »Tausend Mal gegrüßt sei Süleyman, der das Schicksal der Menschen kennt und mit den Vögeln spricht.«

Der Mir nahm Amar in seiner Residenz auf, damit er sich erholen konnte und seine Wunden gut verheilten. Er rief seine Ärzte und seine Magier, damit sie sich um ihn kümmerten. Er ließ ihm zu essen und zu trinken geben und kleidete ihn neu ein. Sieben Tage und sieben Nächte war Amar kaum ansprechbar. Seine Wunden verkrusteten. Am Abend des siebten Tages kamen der Mir und Amar zusammen. Amar erzählte dem Mir, was ihm geschehen war. Der Mir hörte ihm aufmerksam zu. Er seufzte über Amars Schicksal. Er betete zu dem, der das Schicksal der Menschen bestimmt.

Während die beiden aber plauderten, brachten Späher die Nachricht, eine Person zu Pferd presche wie im Fluge auf Garzan zu. Die Männer des Mir legten ihre Waffen an. Am engen Eingang der Schlucht zwischen den Felswänden bereiteten sie dem Reiter einen Hinterhalt. Als sie sahen, dass die Person allein und unbewaffnet war, kamen sie einzeln aus ihrer Deckung hervor und hielten sie an. Die Person stieg ab und gab sich zur Verblüffung aller zu erkennen. Auf dem Rücken des Rappen hatte eine junge Frau gesessen. Die Soldaten brachten sie zum Mir.

Nachdem Sara gehört hatte, dass Amar fort war, wurde sie bettlägerig und konnte nichts mehr essen und trinken. Manche sagten ihr, Amar sei gestorben, andere berichteten, er sei aus dem Kerker geflohen; doch sie schenkte niemandem Glauben und hoffte darauf, ihn eines Tages wiederzufinden.

Eines Nachts trat Sara an das Fenster ihrer Bergfestung und wieherte in die Dunkelheit hinein. Als die Soldaten der Festung das Wiehern hörten, machte sich Verwirrung breit. Sie riefen aus, dass die Festung überfallen werde, und alle sprangen aus ihren Betten und legten ihre Waffen an, um ihre Stellungen einzunehmen. Als Sara noch ein weiteres Mal wieherte, riss sich der Rappe aus dem Schoß der Finsternis los und rannte wie im Flug auf die Burg zu. Er kam und stellte sich vor die Zelle, in der Sara eingesperrt war. Wie um die Soldaten zum Kampf herauszufordern, scharrte er mit den Hufen am Boden, bäumte sich auf und wieherte. Die Soldaten übermannte die Furcht. Sie waren überzeugt, ein Unglück suche sie heim. Voller Angst, Verwirrung und Hilflosigkeit schauten sie einander an. Als das Pferd ein weiteres Mal scharrte und sich aufbäumte, ging der Kommandant der Festung zu der Zelle, in der Sara eingesperrt war, öffnete die Tür und sagte: »Flieh, Sara, flieh!« Sara verließ die Zelle, sprang auf den Rücken des zornigen Rappen, der vor der Festung wartete, und verlor sich in der Dunkelheit.

* * *

Amars Augen füllten sich mit Tränen, als er Sara sah, sein Gesicht bekam wieder Farbe. Mit jenem Tag schlossen sich seine bisher so schlecht heilenden Wunden, und er genas rasch. Man erzählt, der Mir von Garzan habe sehr wohl gewusst, dass der Mir von Samira zur Weißglut gereizt wäre, falls er erfahren sollte, dass seine Tochter Sara vor ihm geflohen war und beim Mir von Garzan Zuflucht gesucht hatte, und dass er mit seinen Männern einen Angriff auf Garzan ausführen würde, nach dem kein Stein auf dem anderen bliebe. Der Mir von Garzan überlegte hin und her, doch er fand keinen Ausweg. Die Menschen auszuliefern, die bei ihm Zuflucht suchten, wäre feige und niederträchtig, doch sie zu schützen reichte seine Kraft nicht aus. Der Mir von Samira hatte zehn Mal mehr Männer unter Befehl als er. Der Mir von Garzan hatte die Wahl zwischen Tod oder Teufel.

Also rief er die Notabeln von Garzan auf seine Residenz. Alle fürchteten sich vor dem Zorn des Mir von Samira. Die Notabeln von Garzan sagten zum Mir: »Lasst uns Amar und Prinzessin Sara an den Mir von Samira ausliefern.« Der Mir von Garzan wurde sehr wütend und wies diesen Vorschlag zurück. Er sagte, er würde niemals Menschen an irgendjemanden ausliefern, die bei ihm Zuflucht suchten.

Während die Sonne sich anschickte, aufzugehen, ging der Mir auf dem Dach seiner Residenz auf und ab, hoffnungslos, auf der Suche nach einer Antwort auf die Fragen, die sein Hirn, seine Seele und sein Herz zermarterten. Wovor er sich fürchtete, war nicht der Zorn des Mir von Samira – er wollte sich einfach nicht in einen tödlichen Kampf ziehen lassen. Finster brütete er darüber, wie er Amar und Sara schützen könnte. Er war sehr traurig über seine eigene Hilflosigkeit, doch er sah nicht, was er hätte tun können. Er dachte an seinen engen Freund Süleyman, den er lange Jahre nicht gesehen hatte.

Mit einem Mal wurde es stockfinster. Man sah nicht mehr die Hand vor Augen. Der Mir bekam Angst und blickte sich nach allen Seiten um. Plötzlich berührte jemand seine Schulter und sagte: »Bring sie ins Walnusstal!«, und es wurde wieder hell. Als er sich ängstlich umdrehte, sah er Süleymans Gesicht, er lief ihm hinterher und rief nach ihm, doch Süleyman verschwand in der Dunkelheit, ohne zu antworten. Der Mir machte sich Vorwürfe, dass ihm das Walnusstal gar nicht in den Sinn gekommen war, doch gleichzeitig freute er sich so sehr über den Ausweg aus seiner Zwangslage, dass sein Inneres überquoll.

»Das Walnusstal … Dort kommt niemand hin. Niemanden führt sein Weg durchs Walnusstal«, sagte er. Er erinnerte sich der furchtbaren Sagen und Legenden über das Walnusstal und der verzauberten Bäume, und es wurde ihm klamm ums Herz; doch er dachte daran, dass es keinen anderen Ausweg gab, und beruhigte sich wieder. »Weder Amar noch Sara wissen um das Geheimnis des Walnusstals, sie kennen die Sagen und Legenden nicht«, sagte er sich.

Am Abend des nächsten Tages rief der Mir die Notabeln von Garzan noch einmal auf seine Residenz. Er sagte ihnen, er werde Amar und Sara am nächsten Morgen zum Mir von Samira bringen und sie ihm übergeben. Die Weißbärtigen waren verblüfft: »Warum tut der Mir etwas, von dem er gestern noch sagte, er würde es niemals tun?«, sagten sie und schauten einander an.

Der Mir wachte frühmorgens auf. Er sattelte die Pferde. Er nahm Zopfkäse, Kräuterkäse, siebzehn Zwiebeln und sieben Lehmofenbrote als Wegzehrung mit. Gemeinsam mit Amar und Sara machte er sich auf den Weg. Der Mir ignorierte Amars hartnäckige Fragen und Saras bohrende Blicke. Er zog sich in sein Schweigen zurück.

Am Morgen des zweiten Tages nach ihrem Aufbruch kamen sie an einen dichten Wald. Der Wald war so finster, dass es kein Geräusch, keine Bewegung, weder Vogel noch Schlange, weder Insekt noch Säugetier in ihm gab. Als die Pferde durch den Wald gingen, schreckten sie ab und an auf, als wären sie Nase an Nase mit einem Geist geraten, und atmeten laut. In der Mitte des Waldes befand sich ein kleiner See. Das Wasser darin war so klar, dass man mühelos die Fische sehen konnte, die in seinen Tiefen schwammen. Amar stieg vom Pferd und stillte seinen Durst am Wasser des Sees. Die Stimmen … Die Stimmen drangen in seinen Brustkorb, in sein Gesicht, in seine Stirn. Er steckte sich die Finger in die Ohren, doch auch das bewahrte ihn nicht vor den Stimmen und Bildern aus dem See, der einmal ein Schlachtfeld gewesen war. Der Mir zog seinen in sieben Wassern gehärteten Dolch hervor, dessen Schaft mit Diamanten und Smaragden besetzt und dessen Klinge in Schlangengift gewaschen war, und hieb ihn Mal um Mal ins Wasser. Als die Stimmen und Bilder vergingen, keuchte er atemlos. Sofort flohen sie diesen Ort.

Nach ungefähr einer Tagesreise gelangten sie an ein hohes, felsiges Plateau. Da die Dunkelheit hereinbrach, schlugen sie ihr Lager vor einer Grotte auf. Aus der Schlucht unter ihnen und vom Berg über ihnen wehte ein Wind. Ba wurde sehr unruhig vom Murmeln dieses Windes und wieherte ein paar Mal den Berg an. Der Mir schichtete Kleinholz auf, das sie gesammelt hatten, und zündete ein Feuer an. Er wickelte die Wegzehrung aus und verteilte den Kräuterkäse, die Zwiebeln und das Lehmofenbrot. Er knackte eine Zwiebel mit seiner Faust und aß sie, wie man einen Apfel isst. Kauend sagte er: »Es gibt nichts Leckereres auf der Welt.« Als sie aufgegessen hatten, lehnten sie sich mit dem Rücken an die Steine und betrachteten den Himmel.

Der Mir schaute auf die verwunschene Grotte, den

Himmel, den unruhigen Ba und aufs unter ihnen liegende Walnusstal. Ein paar Mal war er drauf und dran, die Geschichte von der verwunschenen Grotte zu erzählen, doch er schluckte und schwieg. Als Sara aufstand und sich um Ba kümmerte, hielt er es nicht mehr aus und begann zu erzählen.

»Die Grotte ist voller Gold, Rubine, Smaragde und Silber«, sagte er.

Amar stand von seinem Lager auf, ging zum Höhleneingang und kam zurück, da er in der Finsternis nichts ausmachen konnte.

»Auf dieser Grotte liegt ein Zauber. Ein sehr mächtiger Zauber«, fuhr der Mir fort. »Dieser Zauber verwandelt das Gold, die Rubine und das Silber in Steine und Lehm, damit niemand sie sehen kann. Wer auch immer diesen Zauber aufhebt, gelangt in den Besitz des Schatzes.«

»Wie kann man den Zauber aufheben?«, fragte Amar, »Und wer hat ihn erwirkt?«

»Es ist nicht leicht, den Zauber aufzuheben«, antwortete der Mir. »Manch einer, der sich für einen ausgekochten Kerl hielt, starb um dieses Schatzes willen. Wie viele junge Menschen sind in diese Grotte gegangen und nie wieder herausgekommen? Mein Ururgroßvater ging einmal mit zwei Schwertern, die er sich von persischen Meisterschmieden hatte fertigen lassen, vor die Grotte und wartete. Sobald der Morgen hereinbrach, zog er seine Schwerter und stürzte hinein. Seine Freunde warteten einen ganzen Tag vor der Grotte. Sie warteten einen Tag, zwei Tage, drei

Tage, vier Tage. Von meinem Ururgroßvater keine Spur. Alle glaubten, dass er ebenso in der Grotte gestorben sei wie alle anderen. Nur seine Mutter sagte: ›Mein Sohn lebt.‹ Alle sagten, die Grotte sei verflucht, und kehrten nach Garzan zurück, nur seine Mutter wartete vor dem Eingang der Grotte, ohne je ihre Hoffnung zu verlieren. Sie betete, sie flehte, sie rief zu Gott, und um die bösen Mächte zu vertreiben, knackte sie Zwiebeln mit der Faust. Am Morgen des siebten Tages knackte sie zwei weitere Zwiebeln und legte sie an den Eingang der Grotte. Auf einmal hörte sie ein Geräusch. Sie bekam Furcht. Sie wich ein wenig vom Eingang zurück. Mein Ururgroßvater kam hervor. Seine Haare, sein Bart und seine Brauen waren schneeweiß geworden, von seinem Schwert tropfte Blut. Er ging auf seine Mutter zu, die ihn erwartet hatte, und starb an Ort und Stelle. Seit jenem Tag ist niemand mehr zu der Grotte gekommen, um den Zauber aufzuheben.«

Aufmerksam hatte Amar dem Mir gelauscht. Als der Mir schwieg, schaute Sara nach dem unruhigen, wiehernden und mit seinem Schweif um sich schlagenden Ba.

Amar legte sich auf den Rücken und ließ seine Gedanken um den Schatz in der Grotte, das bluttropfende Schwert, den Mann mit schneeweiß gewordenem Bart und Haar und an die Frau, die vor der Höhle auf ihn wartete, kreisen. Plötzlich spürte er, dass die Wunden an seinen Schultern brannten. Er berührte sie mit seinen Fingern. Aus den Wunden troffen Blut und Eiter. Er streckte seine Arme parallel zu seinem Oberkörper aus und schaute zu den Sternen hinauf. Er dachte an den Tag, an dem er den Traum gehabt und sich auf den Weg gemacht hatte, an seine Freunde, die er in den Bergen zurückgelassen hatte, an seine Eltern, die er jahrelang nicht mehr gesehen hatte, an seinen Bruder, dessen Gehirn den Schlangen des Tyrannen Dhohhâk verfüttert wurde, und an seine Schwester mit dem Schönheitsmal im Gesicht.

Kurz bevor am Ende des dritten Tages die Sonne hinter den Bergen verschwand, erreichten der Mir, Amar und Sara das Walnusstal. Es lag am Saum eines Berges, dessen Haupt in die Wolken ragte. Der Berg war teils karger Felsen, teils von Eichenbäumen bewachsen. Das rote Licht der untergehenden Sonne spiegelte sich auf den Felsen dieses Berges. Das gesamte Tal war von riesigen Walnussbäumen überzogen. Die mächtigen Stämme und dichten Blätter verdammten das Tal zu ewigem Schatten. Der Mir von Garzan zeigte ihnen das Walnusstal und sagte: »Amar, dies sei fortan deine Heimat! Pflanzet, säet und mehret euch!« Mit diesen Worten holte er den Dolch hervor, dessen Schaft mit Diamanten und Smaragden besetzt war, und hielt ihn Amar hin: »Hier! Dieser Dolch ist nun deiner!« Dann stieg er auf sein Pferd und ritt im Galopp davon. Sara, Amar und Ba standen einfach nur da und guckten dem Mir hinterher, bis er hinter den Hängen verschwunden war. Dann schauten sie einander an, als wollten sie fragen: »Und was machen wir jetzt?«

Sara und Amar wandelten unter den riesigen Walnussbäumen umher. Sie sogen den betörenden Duft ein, der von ihnen ausging. Im Windhauch rauschten die Blätter. Amar hob seinen Kopf und blickte gen Himmel. Er fürchtete sich, da es bald dunkel werden würde. Er wusste nicht, was er tun sollte. Er wiederholte sich die Worte des Mir von Garzan: »Pflanzet, säet und mehret euch!« Fasziniert betrachtete er die Diamanten und Smaragde am Schaft des Dolches. Er zog den Dolch aus seiner Scheide und hieb auf die Luft ein, als stünde vor ihm ein Riese. Er ging zu der Quelle, die über dem Walnusstal lag und deren Wasser so kalt war, dass es Weintrauben zum Bersten bringen würde, und trank gierig. Dann wusch er sich Hände und Gesicht.

Amar stand auf, als die Dunkelheit hereinbrach, und wanderte umher, doch er fand keinen Ort, an dem sie die Nacht verbringen könnten. Er schaute sich die Blätter der Walnussbäume an und lauschte ihrem Rauschen. Seine Augen suchten eine Höhle oder eine Kuhle, um die Nacht zu verbringen, aber es gab weder einen Ort, an dem gut bleiben war, noch ein Loch, das einem Unterschlupf gewährte. Ihm wurde bang ums Herz, und allmählich wurde er nervös, dann wütend, und zuletzt platzten seine verkrusteten Wunden auf und begannen zu bluten.

Neben der Quelle stand ein enormer Walnussbaum. Der Stamm war so dick, dass drei Menschen, die einander die Hände reichten, ihn kaum hätten umfassen können. Seine baumdicken Äste ragten in den Himmel. Im Stamm des Baumes war eine Höhle, die mit den Jahren entstanden war. Sara entdeckte die Vertiefung, die aussah wie der Eingang einer Grotte, als sie Wasser trank. Neugierig stieg sie hinein. Im Inneren war es so geräumig wie in einem Haus. Sie rief Amar. Sie sammelten die Äste, das Laub und die fauligen Walnüsse auf, die am Boden der Höhle lagen, und warfen sie hinaus. Dann bereitete Sara aus Walnussblättern ein Bett.

Als eine Windböe kam, begann Ba zu wiehern und mit den Hufen zu scharren, um seinen Gegner herauszufordern. Dann verlor er sich in der Finsternis der Nacht. Seit jener Nacht läuft er ununterbrochen über den Berg Amar, bis auf den heutigen Tag.

Amar und Sara schlossen einander in die Arme und schliefen vierzig Tage und vierzig Nächte in der Höhle des Walnussbaums im Walnusstal, und sie lebten glücklich und zufrieden. Und wenn sie nicht gestorben sind, dann leben sie noch heute. Vom Himmel fielen drei Äpfel, einer für mich, einer für dich und einer für alle guten Menschen.

Es war zu einer Zeit

EYÜP

Mirî zafin ya zindî? Sind die Toten mehr oder die Lebendigen? Die Alten erzählen, dass es zu jeder Zeit mehr Lebendige gibt als Tote. Ich liege jetzt auf dem Totenbett. Mit einem Bein stehe ich in der Schlucht. Dabei habe ich mich noch nicht sattgelebt. Mir ist, als hätte ich noch gar nicht gelebt.

Mein seliger Vater war ein gewissenhafter Beter. »Allah möge niemanden der Kraft seiner Hände und Beine berauben«, betete er oft. Als ich noch jung war, konnte ich sein Gebet und sein Flehen nie verstehen. Trotzdem erhob ich nach jedem Pflichtgebet meine Hände zum Himmel, kniff die Augen zusammen und sagte: »Mein Allah, mein hoher Allah, beraube mich nicht der Kraft meiner Hände und Beine!« Das Flehen meines seligen Vaters, der ein gewissenhafter Beter war, wurde erhört, meines aber nicht. Ich wurde der Kraft meiner Hände und Beine beraubt. Meine Pflichtgebete kann ich von dem Lager, auf dem ich liege, mit meinen Augen verrichten. Fasten kann ich schon seit Unzeiten nicht mehr. Ich flehe Allah nicht mehr an, mir die Kraft meiner Hände und Beine zurückzugeben, sondern ein bisschen weiterleben zu dürfen, nur ein paar Atemzüge mehr zu tun.

Ich bin unschuldig! Ich habe nicht gesündigt. Ich habe niemandem etwas gestohlen. Ich habe niemanden getötet. Warum ich? Ich will nicht sterben. Ich habe Angst. Ich klammere mich am Leben fest, wie jemand, der nicht von einem Abgrund stürzen will, sich an Kleinholz, Ästen, Gräsern festklammert. Ich war bei allen Ärzten, habe sämtliche Scheichs aufgesucht und bin zu jedem Heiligenschrein gepilgert. »Gegen den Tod kann man nichts tun. Er liegt in Gottes Hand. Wir alle müssen sterben. Alles, was atmet, muss den Tod schmecken. Schicksal«, sagten mir die Leute. Ich konnte ihnen nicht antworten: »Die Welt ist schön, aber ich muss gehen.« Ich konnte ihnen nicht sagen, dass ich Angst vor dem Tod habe, dass ich leben will, dass ich nicht sterben will. Wie ein Mensch, der mit sich selbst im Reinen ist, sagte ich: »Lob und Dank sei Gott, ich habe so lange gelebt, wie ein Mensch es sich wünschen kann, und ich bin dankbar dafür.«

Ich sehe die Blicke meiner Söhne, meiner Töchter, meiner Enkel. Sie sagen: »Der ist so alt geworden. Er hat viel durchgemacht. Gut, dass der Tod Erlösung bringt.« Oder: »Der stirbt nie, der bringt uns noch alle unter die Erde.« Letztens hat meine Schwiegertochter ihre Lippen an Cemals Ohr gehalten und gesagt: »Alt werden ist so schlimm, Cemal. Ich will lieber jung sterben.« Cemal hat ihr in die Augen geschaut und lachend gesagt: »Ich auch.« Ich guckte schnell weg, als hätte ich das alles nicht mitgekriegt. Früher wollte ich auch mal jung sterben. Ich hatte überhaupt keine Angst vor dem Tod. Mein Blick war fest und finster, mein Blut rauschte wie ein Gebirgsbach durch meine Adern. Jetzt habe ich Angst. Ich bin am Ende meiner Lebensspanne. Ich klammere mich fester ans Leben, um noch zu bleiben.

Ab und zu kommt Abdullah, der Imam unseres Dorfes, mich besuchen. Er sagt jedes Mal: »Der Tod ist Gottes Wille. Er bringt uns Erlösung. Danke deinem Gott dafür und bereue deine Sünden. Gott ist groß. Er weiß alles am besten. Eines Tages werden wir alle zu ihm zurückkehren. Gedulde dich.« Dann setzt er sich neben mein Kopfkissen und rezitiert die Sure Ya-Sin, damit meine Seele sich leichter von meinem Körper löst. Imam Abdullahs Worte trösten mich nicht. Sie nehmen mir nicht die Angst. Sie helfen mir nicht in meiner Hilflosigkeit und sie heilen meine Wunden nicht. Im Gegenteil, sie machen meine Wut nur größer. Am liebsten würde ich mich zu ihm hindrehen und ihn anschreien: »Ich will nicht sterben. Ich habe Angst!« Aber ich schweige. Wenn ich ihn anschreie, wird Imam Abdullah voller Mitleid seine Augen auf mich legen, die immer alles wissen, und danach kaltblütig wie gewohnt den anderen im Zimmer erklären, dass der Mensch im fortschreitenden Alter wieder wie ein kleines Kind werde und irgendwann nicht mehr wisse, was er sagt. Eyüp hat sein Gedächtnis verloren, wird er sagen. Allah ist allmächtig und größer als alles andere, wird er sagen. Weil ich das weiß, schweige ich lieber.

Ich habe Angst. Vorm Alleinsein, vorm Sterben, vor dem finsteren Grab, vor dem verlassenen Friedhof. Ich wimmere, um nachts nicht allein zu bleiben. Jede Nacht muss einer von meinen Söhnen oder Enkeln neben meinem Kissen sitzen. Ich habe das Gefühl, dass der Todesengel Azrael nicht kommt, solange jemand neben mir sitzt. Deshalb klammere ich mich an ihnen fest. Ich bin für Peyruze und Havva, für meine Söhne und Enkel zu einer Last geworden. Ich erinnere sie an den Tod, ans Altern und an die Vergänglichkeit des Lebens. Aber wenn ich einmal tot bin, wird der Tod für sie wieder zu einem Märchen. Erst wird das Haus aufatmen und das Gefühl der Beklemmung abwerfen, und dann das ganze Dorf. Sie werden aufatmen, als wäre eine schwere Last von ihren Schultern genommen worden.

Als mein seliger Großvater starb, sagte mein Vater, statt Rotz und Wasser zu flennen, lediglich: »Der Tod ist Gottes Wille. Gott sei Lob und Dank. Der Tod bringt uns Erlösung. Man muss geduldig sein!« Ich war entsetzt. Wenn Trauergäste ein Klagelied anstimmten, herrschte mein Vater sie an: »Seid still und hört auf zu heulen!« Es war mitten in der Nacht. Es regnete wie aus Eimern. Wir warteten nicht auf den Morgen. Noch Jahre später musste ich jedes Mal, wenn es regnete, daran denken, wie sich das ausgeschaufelte Grab meines Großvaters mit Regenwasser füllte. Mein Vater und der Imam verkündeten einstimmig, dass es Sünde sei, die Toten liegen zu lassen, und unsere hochheilige Religion uns gebiete, ihn sofort zu bestatten.

Mein seliger Vater und meine selige Mutter machten

sich sofort nach der Trauerzeit daran, das Zimmer blank zu wischen und die Wände mit Kalk neu zu verputzen, damit der Geruch des modernden Fleisches meines Großvaters, der Gestank seiner Krankheit, sein Stöhnen, seine Furcht und seine flehentlichen Schreie verschwanden. Der ranzige Geruch ging aber nicht weg, so viel sie das Zimmer auch sauber machten. Der Geruch war in die Wände, in die Decke, in die Steine, in die Partikel in der Luft gezogen, die das Zimmer erfüllte.

Die Tür ging auf und meine kleine Enkeltochter kam rein. »Komm, mein Kind«, sagte ich lächelnd, damit sie zu mir kam. Meine Enkeltochter hatte nämlich Angst vor dem Fiepen, das aus meinem Rachen kam. Sie musste mich für ein Monster halten, das sich unter einer Bettdecke versteckt, denn sie machte ein furchtbares Gesicht, wurde ganz bleich und lief weinend raus. Ich bekam feuchte Augen. Peyruze kam und setzte sich neben mich. Sie lächelte mich an. Sie hielt meine Hände fest, ganz fest. Was würde ich ohne sie nur machen? Ich werde meinen Kindern und Enkeln als Vermächtnis mitgeben, dass sie rechts neben mir einen Platz für sie freihalten sollen.

Peyruze hab ich quasi aufgezogen. Als meine Frau starb, sagte Peyruzes Vater: »Eyüp, warum heiratest du nicht noch mal?« Da sagte ich ihm: »Gib mir doch deine Tochter, die würd' ich heiraten.« Alle, die dabei waren, lachten. Ich dachte ja nicht daran, noch einmal zu heiraten. Am Ende verging kein ganzes Jahr nach dem Tod meiner Frau. »Da hast du sie«, sagte ihr Vater. Am nächsten Tag ging ich sie zu Hause besuchen. Peyruze spielte gerade mit ihren Freundinnen. »Ist dein Vater da?«, fragte ich. »Ja, Onkel«, sagte sie. Ich fühlte mich schlecht, weil sie mich Onkel nannte. Aber es war schon alles beschlossen. Ich hätte nicht mehr absagen können. Ich kam nach Hause, hielt mir einen Spiegel vor und riss mir die weißen Haare auf dem Kopf und im Bart alle einzeln mit der Pinzette raus. Dann heirateten wir. Seit jenem Tag ist Peyruze ununterbrochen an meiner Seite. Dann ist da noch meine Schwiegertochter Havva. Gott möge Gefallen an ihr finden. Sie kümmert sich mehr um mich als meine Söhne, meine Töchter und meine Enkel. Sie hat eine gute Kinderstube genossen.

»Sie kommen! Sie kommen!« Draußen liefen auf einmal alle durcheinander. Peyruze ließ meine Hände sinken und lief ans Fenster. Ich versuchte mich aufzurichten. Kurz nacheinander bohrte sich der Schmerz in meinen Rücken, meine Brust und meinen Nacken. Peyruze hielt sich die Hand über die Augen, um besser sehen zu können, was draußen vor sich ging. Ihr Gesicht wirkte angespannt. In ihren Schlappen rannte sie zur Tür, ohne die Füße vom Boden zu heben. »Peyruze, Peyruze, sind sie da?«, rief ich ihr hinterher.

Eyüp stöhnt die ganze Zeit: »Ich bin unschuldig! Ich hab nicht gesündigt! Mein Gott, warum ich? Was hab ich dir denn getan?«

Seine Haare sind ungepflegt. Sein Gesicht ist eingefallen. Seine Augen stechen riesig hervor. Überall kann man seine Knochen sehen. Erst hat Eyüp überall am ganzen Körper schlimme Furunkel gekriegt. Er hat sich so lange gekratzt, bis er seine Kleidung zerrissen und alles vollgeblutet hat. Dann sind die Furunkel zu klaffenden Wunden geworden. Und dann war der hochgewachsene, stämmige, starke Eyüp plötzlich nur noch Haut und Knochen. Er wusste doch gar nicht, was es heißt, müde oder krank zu sein. Und jetzt kann er kaum noch Luft holen. Er hat immer mit seinen Zähnen Walnüsse geknackt. Jetzt kriegt er nicht einmal mehr Suppe hinunter. Auf den Berg Amar ist er in einem Atemzug hochgestiegen. Jetzt kann er keinen Schritt mehr gehen. Die ganzen Winternächte hindurch hat er bis ins Morgengrauen Märchen erzählt und sich an die ältesten Geschichten in seinem Leben erinnert, als wären sie gestern passiert. Wir haben uns immer alle gebogen vor Lachen. Jetzt kommt nur noch ein Fiepen aus seinem Hals.

Eyüp hat so viel durchgemacht. Er ist von all seinen Sünden gereinigt. Imam Abdullah hat gesagt, dass Eyüp so unschuldig wie ein Kind ist und in seinem letzten Hemd sofort ins Paradies kommen wird. Eyüp hat ihn voller Hoffnung angeschaut. Er sah so aus, als würde er ihm nicht glauben, aber wollte es gerne. Aber früher, wenn das Thema mal aufs Paradies gekommen ist, hat Eyüp immer gesagt: »Ich werd' nicht ins Paradies kommen, und wenn es nur deswegen ist, was ich der Katze angetan habe.«

Aber man kann doch wirklich nicht eine Katze in einen Sack tun und an einem Baum aufhängen. Wer macht denn so was? Wenn du sie unbedingt töten willst, schieß ihr doch in den Kopf oder brich ihr den Schädel mit einem schweren Stein. Es gibt doch so viele Wege, eine Katze sofort umzubringen. Aber das wollte Eyüp ja gar nicht. Er hat sich da mit seinem Dickschädel auf etwas eingeschossen und ist keinen Deut davon abgerückt. Er hat sich mit allen angelegt, die ihn kritisierten. Er hat die Katze in den Sack getan und am Baum aufgehängt, und da musste sie bleiben, bis sie tot war. Rund um die Uhr hat die Katze gestrampelt und geschrien vor Hunger und vor Durst. Ich musste mir Watte in die Ohren machen, weil ich ihren Todeskampf und die spitzen Schreie nicht mehr hören konnte. Mein Schwiegervater, meine Söhne und alle Nachbarn waren gegen ihn. Und wie oft bin ich nachts raus, um die Katze freizulassen. Aber Eyüp war so stur, der hat nachts mit seinem Jagdgewehr unterm Baum

Wache geschoben und bei seiner Ehre geschworen, dass er alle erschießen würde, die sich in seine Angelegenheiten einmischen. Als die Katze dann verweste, war alles voll von diesem unerträglichen Gestank. Das ganze Dorf roch nach Aas. Ich verstehe immer noch nicht, wie Eyüp überhaupt die ohrenbetäubenden Schreie und den unerträglichen Verwesungsgeruch der Katze ausgehalten hat. Aber er war so dickköpfig. Mein Schwiegervater hat ihm bis zu seinem Tod nicht verziehen wegen der Katze. Er hat ihm vorgeworfen, unbarmherzig zu sein, und immer gesagt: Um dieser Katze willen sollst du nicht ins Paradies eingehen. Du bist nicht mehr mein Sohn. Ich will nicht einmal, dass du an mein Grab kommst.

Eyüp hat so viel durchgemacht. So viel! Seit Jahren ist er bettlägerig. Einmal hat er sich vollgemacht. Das ganze Zimmer stank. Kasım war an dem Tag nicht zu Hause. Ich bin zu ihm hingegangen. Lass mich mal, hab ich gesagt. Da wurde er sauer. Hat sich die Decke übern Kopf gezogen. Und geschimpft. Und mich aus dem Zimmer gejagt. Ich hab ein bisschen gewartet, dass er sich beruhigt. Aber dabei hab ich mich ganz schlecht gefühlt. Dass ich ihn einfach so da liegen lassen hab. Irgendwie hab ich mich schuldig gefühlt. Ich hab zu Cemşid gesagt: Kasım ist heut nicht da. Hilf mir, mein Sohn, dein Vater hat sich vollgemacht. Er hat gelacht. Klein oder groß, hat er gefragt. Ich weiß nicht, aber das Zimmer stinkt furchtbar, hab ich gesagt. Das hält mein Magen nicht aus, hat er gesagt. Ich hab Amar gesucht und nicht gefunden. Ich dachte mir, der ist bestimmt wieder auf dem Friedhof. Ich bin auf den Friedhof. Da saß er am Grab seiner Frau und erzählte ihr etwas. Ich hab ihn aus der Ferne ganz lange beobachtet. Ob er helfen kann, wollte ich dann nicht mehr fragen. Ich bin zurück nach Hause. Wenn ich ihn gerufen hätte, wäre er mitgekommen. Amar ist mein treuester Sohn. Der Arme, nach dem Tod seiner Frau ist er richtig wahnsinnig geworden. Seither verbringt er seine Tage und Nächte auf dem Friedhof.

Da fiel mir Cemal ein. Er spielte gerade mit seinen Freunden unterm Maulbeerbaum. Ich schickte Resul, ihn zu holen. Resul humpelte und hinkte hin. Ich schaute ihm hinterher. Es kam mir vor, als würde sein rechter Fuß jeden Tag kürzer. Resul ist nach seinem Onkel geraten. Der hatte auch von Geburt an rechts ein zu kurzes Bein. Mein armer Junge wird im Dorf nur Hinkefuß genannt. Da kamen sie auch schon, Cemal vorneweg und Resul hintendrein. Ich nahm Cemal in eine Ecke und erklärte ihm, dass sein Opa sich schmutzig gemacht hat und wir ihn sauber machen müssen, weil das Zimmer so riecht und es ganz schlimm für den Opa sei, und Kasım sei nicht zu Hause. Er guckte sich um. Ein, zwei Mal hielt er sich die Nase zu. Dann verzog er sein Gesicht. Er schaute nach Resul, der vor der Tür wartete, und sagte dann lustlos: Ja gut. Als wir vor dem Zimmer standen, sagte er: Oma … Ich sah ihm schon an, dass er keine Lust hatte. Ich dachte, dass Eyüp bestimmt traurig würde, und sich dann Vorwürfe machen würde, und dann auf uns wütend würde und anfangen würde zu weinen. Da drehte ich mich zu Cemal um und sagte: Geh nur, ich mach das alleine. Er war sofort weg, ohne sich noch einmal umzublicken. Da war ich allein im Haus. Kasım war nicht da, Cemal hatte keine Lust, Amar war auf dem Friedhof, Cemşid sagte, sein Magen würde das nicht aushalten. Ich wusste nicht, was ich tun sollte. Die Tränen kullerten mir die Wangen herunter. Mein Allah, nimm endlich seine Seele! Er hat so viel durchgemacht, sagte ich. Sofort wurde mir klar, was ich da gesagt hatte, und ich betete um Vergebung dafür. Da fiel mir meine Schwiegertochter Havva ein, die so eine gute Kinderstube genossen hatte. Ich ging in ihr Zimmer, sie wickelte gerade ihr Baby. Das Baby wedelte lachend mit den Armen. Havva sammelte die dreckigen Windeln ein, scheuchte die Fliegen aus dem Zimmer und zog die Vorhänge zu.

Geht es dir gut, Großmutter? Setz dich mal, du bist ganz bleich im Gesicht, sagte sie. Sie gab mir Wasser zu trinken. Ich trank es. Schluchzend erzählte ich, dass Eyüp sich in die Hose gemacht hatte und das Zimmer stank und dass Kasım nicht da war. Sie lächelte: Lass uns das zusammen machen. Mein Opa war auch jahrelang krank. Ich hab ihn mit meiner Mutter gepflegt, sagte sie.

Ich ging in das Zimmer, in dem Eyüp lag. Sein Kopf war auf seine Brust gesunken. Hunderte von Schmeißfliegen wimmelten auf ihm herum. Er wich meinen Augen aus. Ich öffnete das Fenster. Ich nahm das Handtuch vom Haken und scheuchte die Fliegen damit zum Fenster hinaus. Ich nahm seine Hände. Ich küsste seine Schulter und streichelte seinen Kopf, ich wischte ihm das Gesicht ab und gab ihm Wasser zu trinken. Langsam zog ich die dicke Bettdecke ab, die er sich übergeworfen hatte. Bei der Hitze. Mir wurde schlecht. Es stieß mir sauer auf, vom Magen bis in die Kehle. Ich schluckte mehrmals. Ich versuchte mich an die Jahre zu erinnern, als ich Kasım, Cemşid und Amar die Windeln gewechselt hatte. Ich zog ihm seinen Pyjama aus. Als ob ich ihn zum ersten Mal nackt sehen würde, wich er meinem Blick aus und schaute mit seinen Augen, die jetzt aussahen wie schwarze Knöpfe, die in tiefe Gruben gefallen waren, auf den Boden. Havva drehte ihn auf die Seite und stützte ihn am Rücken. Eyüp schaute uns jetzt an, als wünsche er sich, dass der Erdboden sich auftäte und ihn verschluckte. Er war sogar vor lauter Scham knallrot geworden. Dabei kam doch nicht einmal mehr Blut aus ihm heraus, wenn man ihm direkt in die Ader schnitt. Er war ganz verkrampft. Als Havva meinem Mann auf sein Ding schaute und dabei verschmitzt grinste, was soll ich lügen, da hab auch ich mich sehr geschämt. Ich neigte den Kopf nach vorne und erinnerte mich an die Nacht, als wir geheiratet hatten.

Eyüp nahm mir das handgewebte Tuch ab, mit dem man mir das Haar bedeckt hatte, und löste den roten Gürtel, den ich mir um die Hüften gebunden hatte. Meine Mutter hatte mir so oft erzählt, wie ich mich jetzt verhalten musste, was ich machen musste, und dass ich keine Angst kriegen durfte, wenn es blutete. Und ich hatte es meiner Holzpuppe weitererzählt, damit ich es nicht vergesse. Jedes Mal sagte ich zu meiner Holzpuppe, was meine Mutter mir gesagt hatte: Hab keine Angst, meine Tochter! Als Eyüp sich in Unterhose und Feinripphemd vor mir aufbaute, war das alles wie Spreu im Wind verweht. Ich war durcheinander im Kopf. Ich hatte Angst. Ich wusste nicht, was ich tun sollte. Ich starrte zum Fenster, als ob mir von da Hilfe käme. Eyüps Freunde hatten sich vorm Fenster versammelt und tanzten Halay, sie lachten und machten Witze. Ich lauschte der Trommel und der Schalmei, ihrem Geschrei, den Schüssen, die sie in die Luft feuerten, und ihren Gesprächen. Das Zimmer drehte sich um mich, ich schaute nach rechts und nach links. Ich war von vier Mauern umgeben. Das Fenster war viel zu klein. Und die Tür ganz weit weg.

Als Havva die schmutzigen Windeln, die Kleider und das Bettzeug nahm, um alles nach draußen zu bringen, fing Eyüp an zu heulen wie ein Kind und klagte: Mein Gott, nimm mich zurück zu dir! Nimm das Leben, das du mir geliehen hast! Welche Sünde hab ich denn begangen? Was hab ich dir getan?

Im Guten wie im Schlechten haben wir lange Jahre miteinander geteilt, Eyüp und ich. Wir haben fünf Söhne und vier Töchter gekriegt. Zuerst kamen meine Söhne tot auf die Welt. Zwei meiner Söhne kamen tot auf die Welt. Die ganze Zeit hatte ich ihre winzigen Körper vor Augen. Ich ging zu den Schreinen der Heiligen, ich brachte Tieropfer dar, ich übernachtete vor den Türen der Ärzte, ich trank Wasser, über dem man Koranverse gelesen hatte, ich trug Amulette auf meiner Brust. Und dann hab ich nacheinander die Mädchen gekriegt, die allesamt schön wie ein Mond sind: Halime, Melek, Emine, Sara.

Eines Tages hatte Eyüp einen Traum. Er sagte, der Prophet rufe ihn und er werde auf die Hadsch gehen. Sein seliger Vater konnte nichts unternehmen, um ihn von diesem Entschluss abzubringen. Wir verkauften also in jenem Jahr unsere Schafe und Ziegen, um ihn auf die Hadsch zu schicken. Das fanden alle seltsam. Eyüp war nicht gerade ein gewissenhafter Beter. Es gab niemanden im Dorf, der nicht wusste, wie er die Katze gefoltert hatte. Alle fragten sich, wieso er jetzt auf einmal auf die Hadsch wollte. Sein Vater sagte: Er hat im Traum den Propheten gesehen. Ein bisschen war er insgeheim auch stolz darauf, dass sein Sohn im Traum den Propheten gesehen hatte. Nachdem Eyüp von der Pilgerfahrt zurückkam, lachte mir Allah ins Gesicht. Dann kamen nacheinander die Söhne. Kasım, Cemşid, Amar.

Eyüp gab unserem kleinsten Sohn den Namen unseres Ururgroßvaters, nach dem der Berg benannt war und das Dorf und sogar die Quelle. Er hatte ihn immer an seiner Seite und erzählte ihm das Märchen von Amar und Sara, sooft er konnte. Eyüp glaubte so sehr daran, dass sein Sohn den Platz seines Ururgroßvaters einnehmen würde, dass er durch alle Dörfer fuhr, um ihm einen Rappen zu kaufen wie im Märchen. Dann erzählte er überall, dass sein Sohn wie sein Ururgroßvater Amar werden würde und ihm jetzt schon sehr ähnelte, und genauso wie er einen Rappen ritt. Aber das Schicksal meines Amar war anders beschlossen. Der arme Amar, jetzt verbringt er seine Tage und Nächte auf dem Friedhof wie ein Wahnsinniger. Er hat den Heimweg vergessen. Nachts rollt er sich neben dem Grab seiner Frau zusammen und schläft dort. Wie viele Nächte bin ich mit Kasım und Cemşid los und hab ihn nach Hause gebracht. Wie oft hat Eyüp sich ihn vorgenommen und gesagt, man stirbt nicht mit den Toten, das ist falsch, aber Amar hört weder auf ihn noch auf sonst irgendwen. Immer wieder ging er zum Friedhof und sprach weiter mit dem Grabstein seiner Frau. Manche sagen, er sei von Dschinnen besessen. Ich hab ihn auch schon zig Male zu Hodschas und Priestern geschleppt und zu den Schreinen der Heiligen, aber es hat alles nichts genützt. Amar ist immer wieder zum Grab seiner Frau zurück und hat weiter mit ihr geredet. Seine arme Frau Schmuni war ja auch wie aus Kristall. Sie hatte riesige schwarze Augen. Sie war sehr groß, hatte pechschwarze Haare und ein Gesicht wie der Mond.

Als meine kleine Enkelin die Tür einen Spaltbreit aufdrückte und hereinkam, schreckte ich aus meinen Gedanken auf. Sie schaute ihren Großvater an, der nur noch Haut und Knochen war. Eyüp drehte seinen Kopf zu ihr und machte lächelnd Zeichen mit den Armen und versuchte, sie zu sich zu rufen. Man konnte nicht verstehen, was er sagte. Meine kleine Enkelin erschrak sich und fing an zu weinen. Eyüp nahm seine Augen von ihr und blickte auf den Ventilator an der Decke. Er bekam Tränen in die Augen, sein Gesicht wurde starr, sein Brustkorb verengte sich. Seine Seele war so empfindlich geworden, dass er bei der kleinsten Sache gekränkt war und anfing zu weinen. Ich ging hin und setzte mich neben ihn. Ich nahm seine Hände. Ich wischte ihm die Tränen ab. Als draußen die Leute durcheinanderriefen und durcheinanderliefen wurde ich unruhig und ging zum Fenster. Als ich den Mann sah, der ins Dorf gelaufen kam, fing ich innerlich an zu zittern.

CEMAL

Ich wischte mir gerade den Schweiß von der Stirn, als ich den Mann sah, der vom Berg Amar in unser Dorf gelaufen kam. »Sie kommen! Sie kommen! Sie kommen!«, rief ich und lief ins Dorf. Alle aus dem Dorf – Männer, Frauen und Kinder – hatten sich unter dem Maulbeerbaum versammelt. Keiner sagte einen Ton. Alle guckten mit ängstlichen Augen auf den Berg Amar. Die Plage, die wir seit Tagen erwarteten, aber über die niemand mit niemandem redete, war da. Die Leute, die alles niederbrannten und zerstörten, was ihnen in den Weg kam. Sie standen vor unserem Dorf, vor unserer Tür. Mein Vater hielt sich die Hand über die Augen wie einen Mützenschirm und starrte ganz weit weg. Aber er konnte nichts erkennen und räusperte sich und spuckte dann in den Staub. »Schau du auch mal, ich seh nicht mehr so gut«, sagte er, und da hielt auch ich meine Hand über die Augen wie einen Mützenschirm und schaute auf den Berg Amar, auf die Felsen, auf die prächtigen Eichenbäume, auf das Plateau am Bergrand, auf die Bergspitze und die ganzen Anhöhen im Bergkamm. Mein Auge machte zwischen den Felsen ein oder zwei Schatten aus. »Da sind sie. Ich hab sie gesehen, sie kommen!«, schrie ich.

Die Kinder, Jugendlichen und Frauen, die sich unterm Maulbeerbaum versammelt hatten, hielten alle ihre Hände wie Ferngläser vor ihre Augen und schauten auf den Berg. Azad rief: »Ich hab sie auch gesehen!«, Resul sagte: »Sie kommen«, und Ilyas: »Ich hab sie auch gesehen.« Alle schraken zusammen und zwangen sich, ihre Arme zu heben und ihre Hände über die Augen zu legen und auf den Berg Amar zu schauen. Mein Vater rieb sich die Augen und sagte: »Lauf nach Hause und hol mir das Fernglas.« Resul dachte, dass Papa ihn meinte, und machte sich auf den Weg zum Haus. Die anderen Kinder lachten.

Ilyas lachte: »Hinkefuß, bis du wieder da bist, haben sie schon längst alles angezündet.« Azad verhöhnte ihn: »Hinkefuß, wie willst du denn weglaufen? Du machst dir bestimmt die Hosen voll.« Die vor Angst schlotternden Leute fingen an zu lachen. Resul schämte sich. Er wurde rot. »Ich zeig's euch!«, rief er und knirschte mit den Zähnen. Dann schaute er Ilyas, Azad und die lachende Menge an. »Ihr dürft nicht mehr mit meinem Ball spielen. Ich geh nie wieder ins Tor. Ihr dürft auch nicht mehr zu mir kommen, um Fernsehen zu gucken«, sagte er und ging mit seinem hinkenden Bein nach Hause. »Wenn sie kommen, zünden sie alle Häuser an. Dein Ball und dein Fernseher werden verkohlen!«, rief ihm Ilyas hinterher. Die Leute fürchteten sich. »Werden sie auch meinen Ball und den Fernseher anzünden?«, fragte Resul. »Junge, du bist so doof. Sie zünden die Häuser an. Sie verbrennen alles«, antwortete ihm Azad. Onkel Cemşid holte Resul ein. Er nahm in ganz fest in den Arm. Er wischte seine Tränen ab. Er streichelte ihm das Haar. Er küsste ihn.

Als er fragte: »Opa, verbrennen sie auch unseren Fernseher?«, schaute mein Onkel weg und sagte schnell zu mir: »Junge, hol das Fernglas her. Worauf wartest du?«

Ich lief nach Hause. Die Tür stand ganz weit offen. Vor der Tür flatterten die Hühner umher. Die Spatzen flogen auf. Einer war im Haus. Er fraß die Brotkrümel vom Boden. Er schreckte auf und flatterte herum. Er kreiste durch das Wohnzimmer und suchte einen Weg nach draußen. Ich versuchte ihn zu fangen. Es gelang mir nicht. Er flog gegen das kleine Fenster über der Tür und fiel auf den Boden. Dann flog er wieder los. Ich hörte auf, ihn zu jagen. Ich ging an die Truhe, in der mein Großvater seine wertvollen Sachen aufbewahrte. Der Geruch der Truhe, die seit Monaten niemand mehr angefasst hatte, stach mir in die Nase. Ich suchte das Fernglas. Es war nicht da. Ich warf alle Sachen auf den Boden. Mein Opa hörte, wie die Sachen auf den Boden fielen, und fing an zu fiepen. Ich hatte Angst, dass er gleich aufstehen und herkommen würde. Dann sagte ich mir, dass er krank war, und beruhigte mich. Wenn er nicht so krank wäre, würde sich aus Angst vor ihm niemand trauen, an die Truhe zu gehen. Unter einem Gebetsteppich fand ich das Fernglas. Ich nahm es mitsamt seiner Tasche und lief los. Ich kam zum Maulbeerbaum. Als die Leute das Fernglas in meiner Hand sahen, atmeten sie auf. Ich blieb neben meinem Vater stehen. Sein zerwühlter Schatten fiel auf den Boden.

Ich reichte ihm das Fernglas. Er nahm das Fernglas, hängte das Band um seinen Hals und machte seinen Rücken gerade. Er blickte auf den Berg Amar wie der blauäugige Kommandant, von dem wir in der Schule lernen mussten. Ich stellte mir vor, dass er zwischen den Bäumen, Felsen und verdorrten Gräsern bärtige und schmutzige Männer sah, die in einer langen Reihe hintereinander hermarschierten, und hinter ihnen liefen Hunde, die überall schnupperten. Alle waren ganz still und fragten sich, was er wohl sah.

Onkel Cemşid sagte: »Deine Augen sind nicht mehr so gut. Lass mich mal durchs Fernglas schauen.« Er nahm meinem Vater das Fernglas aus der Hand und schaute ganz lange auf den Berg. Dann sagte er: »Man sieht doch gar nichts vor lauter Staub.« Er wischte die Linsen vom Fernglas erst an seinem Hemd ab, dann wischte er sie mit Zigarettenpapier ab. Er legte sich das Fernglas um den Hals und schaute auf den Berg Amar. Es wurde schon dunkel. Onkel Cemşid schaute allen in die Augen, die unterm Maulbeerbaum warteten, und zeigte dann auf den Berg Amar. »Ja, sie kommen. Ich hab sie gesehen. Sie kommen!«

AMAR

Ich sah den Mann, der vom Berg gelaufen kam. Meine Brust schnürte sich zusammen. Meine Knie versagten. Zunge und Gaumen trockneten mir ein. »Sie kommen, sie kommen!«, rief ich in Richtung der Grabstätten. Wie lange bereits erwartete ich, dass sie jeden Augenblick kommen würden. Um uns herum gab es keinen Berg, den sie nicht versengt, kein Dorf, das sie nicht angezündet hätten. Wenn sie kommen, so heißt es, setzen sie zuerst die Häuser in Brand, dann töten sie Kinder, Frauen, Greise, alle, ohne Unterschied.

Ich schaute den Spatzen zu, die um mich herumflogen, ich sah ihre Nester im Geäst und ihre Jungen mit den knallgelben Schnäbeln. Die Küken hielten ihre Münder einen Spaltbreit offen und tönten dschik dschik. Ich sprach die Fatiha vor mich hin. »Hoffentlich ist es nichts Schlimmes. Hoffentlich ist es nichts Schlimmes!« Murmelnd lief ich auf das Dorf zu. Ich hörte Stimmen. Als Schmuni sagte: »Amar, wo läufst du hin? Was ist los? Halt. Warte doch mal!«, hielt ich inne.

Ich machte kehrt. Die Blechtür tat sich quietschend auf. Andauernd kommen die Kühe und reiben sich an dieser Türe. Deshalb hält sie nichts mehr aus. Ich nahm einen Stein vom Boden und trieb ein paar lockere Nägel wieder in den Balken. Ob der Friedhof verwahrlost, ob die Türe aus den Angeln fällt, ob Grabsteine zerbrochen sind oder von Unkraut überwachsen – darum schert sich niemand. Es kommt ja nicht einmal jemand und spricht für die Toten die Fatiha. Wenn einer tot ist, zack unter die Erde. Die ersten paar Monate gehst du noch zum Grab, dann vergisst du ihn einfach. Als hätte er nie gelebt, überlässt du ihn dem Vergessen. Es war schon anstrengend genug, die Leute dazu zu bewegen, einen Drahtzaun um den Friedhof zu ziehen. Früher haben die Schafe und Ziegen auf dem Friedhof gegrast. Jedes Mal, wenn ich kam, musste ich erst die Schafe, Ziegen und auch Kühe verscheuchen. Wie oft hab ich das gesagt, aber auf mich hört ja keiner. Gott sei Dank sprach es der Imam Abdullah dann in seiner Predigt an und die Bauern nahmen es ernst. Binnen weniger Tage zogen sie einen Drahtzaun um den Friedhof. Die Blechtüre muss man aber neu machen. Die Nägel halten nicht mehr.

»Im Namen Allahs«, sprach ich und lief zwischen den Grabfeldern umher. Man kann die Grabstätten kaum noch ausmachen. Alles ist zugewuchert. Ich erreichte Schmunis Grab. Ich zog mein Taschentuch hervor und rieb die Grabplatte schön sauber. Ich polierte die weißen Kieselsteine, die darauf lagen. Ich sank vor ihrem Grab nieder und lauschte dem Zirpen der Grillen, dem Krächzen zweier Raben, dem Rauschen der Bäume.

Schmuni, sagte ich, ich hab den Mann gesehen, der

vom Berg Amar ins Dorf gelaufen kam. Ich stieg gerade von einem Baum herab. Ich wollte den Friedhof verlassen und nach Hause gehen. Da hörte ich etwas. Die Spatzen schimpften aus voller Brust. Das kam mir seltsam vor. Ob wohl die Schlange an ihr Nest gehen wollte, dachte ich. Ich schaute mich links und rechts um, aber sah nichts. Ich hörte ihre Stimmen, ohne sie zu sehen. Im Frühling hat es so viel geregnet. Die Gräser reichen einem bis an die Knie. Endlich sah ich. Das Vogelnest war ins Gras gestürzt. Drei Küken. Die Spatzen schrien sich die Seele aus dem Leib, dschik dschik. Es zerbrach mir das Herz. Ihre Schnäbel knallgelb. Riesige Augen. Aufgeblähte Bäuche. Ich nahm das Nest und besserte die zerbrochenen Stellen aus. Ich legte die Küken hinein und kletterte auf den Baum. Ich platzierte es zwischen zwei Ästen. Es hielt nicht. Ich nahm es von dort fort und legte es an eine Stelle, wo drei Äste voneinander abgabelten. Ich rüttelte ein paar Mal am Ast, das Nest bewegte sich nicht vom Fleck. Ein Stück Papier, das in den Zweigen gehangen hatte, rieselte zwischen den Blättern herab. So, das Nest fällt nicht noch einmal herunter. Wenn auch die Sintflut kommt, das Nest bleibt fest. Ich stieg gerade vom Baum, da sah ich den Mann, wie er vom Berg Amar aufs Dorf zugelaufen kam. Der Schweiß stand mir auf dem Rücken. Meine Kehle war trocken. Meine Knie versagten. Schmuni, weißt du, was das heißt, jetzt sind wir dran, hm?

»Hinkefuß, bis du wieder da bist, haben sie schon längst alles angezündet!«, sagte Ilyas. Azad sagte: »Hinkefuß, wie willst du denn weglaufen? Du machst dir bestimmt die Hosen voll« und lachte. Alle um mich herum lachten über mich. Ich wurde wütend. Ich war verletzt, ich war wütend. Ich wollte meine Waffe ziehen und alle erschießen, die mich auslachten, wie der hässliche Cowboy es gemacht hatte, als sie in der Bar über ihn lachten.

Ich konnte niemanden erschießen. Ich konnte nur humpelnd und hinkend ein paar Schritte tun. Als Ilyas sagte: »Wenn sie kommen, zünden sie alle Häuser an. Dein Ball und dein Fernseher werden verkohlen!«, blieb ich stehen. Ich sah vor meinem inneren Auge, wie unser Fernseher lichterloh brannte und wie mein Ball ins Feuer geworfen wurde und in den Flammen schmolz. Ich stellte mir vor, wie ich in unser brennendes Haus stürzte und unseren Fernseher in meinen Armen rettete, so wie der hässliche Cowboy ins brennende Haus gegangen war und die ohnmächtige Frau in seinen Armen hinausgetragen hatte. Ich schaute auf meinen Fuß und dachte mir, mit dem Hinkefuß komm ich schlecht wieder aus dem Haus raus. Das tat weh. Ich drehte mich zu Ilyas um und fragte:

»Werden sie auch meinen Ball und den Fernseher anzünden?« Azad lachte: »Junge, du bist so doof. Sie zünden die Häuser an. Sie verbrennen alles.«

Mein Opa kam mir hinterher und streichelte meine Haare. Er blickte in die Menge, als wolle er ihnen einen Denkzettel verpassen. Alle schwiegen. Ich schaute nach Ilyas. Der kicherte blöd. Azad machte mit seinen Augen und Augenbrauen irgendwelche Verrenkungen. Mirza hielt seine Finger wie ein Fernglas vor die Augen und schaute auf den Berg. Ich ging wieder unter den Maulbeerbaum. Meine kleine Schwester saß auf einem Stein und zählte die Spangen in ihrem Haar. Ich nahm ihr die rote Spange weg und sie wurde wütend. Sie nahm einen Stein und drohte: »Gib sie her, sonst schmeiß ich!« Ich machte mir die Spange ins Haar. Azad und Ilyas lachten einander zu: »Hinkefuß, die steht dir richtig gut. Siehst aus wie ein Mädchen.« Ich nahm die Spange aus dem Haar und warf sie vor meiner Schwester auf den Boden. Sobald meine Schwester die Spange aufgehoben hatte, schmiss sie den Stein nach mir. Der Stein traf mich am Rücken. Ich drehte mich um und lief wütend auf sie zu. Wenn mein Opa nicht dazwischengegangen wäre, hätte ich sie umgebracht. Mein Opa zog mir das Hemd hoch, küsste mich auf die Stelle, wo mich der Stein getroffen hatte, und strich mir über den Rücken. »Schau, es tut gar nicht mehr weh. Da ist nichts«, sagte er und ich wurde still.

Onkel Cemal kam mit dem Fernglas in der Hand angelaufen und hielt es meinem Opa hin. Mein Opa hängte sich das Fernglas um den Hals und machte den Rücken gerade wie der hässliche Cowboy, wenn er auf einem Pferd ritt. Er schaute lange auf den Berg Amar. Ich ging zu Ilyas und Azad. »Werden sie auch meinen Ball und unseren Fernseher verbrennen?«, fragte ich. »Ja, werden sie«, sagte Ilyas. Azad sagte ganz ernst: »Die zünden den Fernseher an. Den Ball werfen sie ins Feuer. Die haben keinen Glauben und keine Moral!« »Wie sollen wir dann Filme gucken und Ball spielen?«, fragte ich. Ilyas nickte, als wolle er sagen: Ja, stimmt.

Die Leute unterm Maulbeerbaum starrten alle auf den Berg. Mein Opa erklärte ihnen, dass sie das Dorf anzünden und alle Häuser niederbrennen und alle Leute erschießen werden. Die Leute fingen an, sich zu bewegen. Sie schauten einander an und fragten sich: Was sollen wir jetzt tun?

Ich stellte mich neben Ilyas und flüsterte: »Ilyas, was wird aus unserem Fernseher?« Beim Wort Fernseher hörte Ilyas auf zu kichern. Wir riefen Azad und gingen bis zur Ecke. Mirza kam hinterhergelaufen. Ilyas sagte: »Wenn sie das Dorf und alle Häuser anzünden, dann verbrennt auch der Fernseher.« Azad sagte: »Wenn der Fernseher verbrennt, können wir nie wieder Filme gucken. Und Fußballspiele! Wir können dann keine Fußballspiele mehr gucken.« Mirza hatte uns jetzt erreicht und rief im Laufen: »Ich hab sie gesehen, sie kommen!« Sogar Ilyas, der immer einen Ausweg findet, war überrascht und hatte Angst. Ich hab ihn noch nie so gesehen. Azad schlug vor: »Lass uns unseren anderen Freunden auch Bescheid sagen.« Ilyas dachte laut vor sich hin: »Wir müssen einen Weg finden, aber wie?« Mirza sagte: »Wir hauen ab! Wir verstecken uns!« Ich stellte mich auf mein kurzes Bein, streckte die Brust heraus und sagte: »Wir müssen einen Plan machen. Wie die Männer im Fernsehen.« Azad fragte: »Aber was für einen?« Meine Schwester kam auch zu uns. Ich machte eine Bewegung, um sie zu schlagen. Ilyas hob seine Hand, um mich zu stoppen. Ich sah ihn drohend an. Meine Schwester rief: »Opa, Opa, sie wollen das Dorf verbrennen! Nimm meine Spangen! Du musst meine Spangen verstecken!« und lief zu meinem Opa, der mit dem Fernglas auf den Berg schaute. Mein Opa nahm sie auf den Arm und hob sie hoch.

CEMŞID

Kasım kann keinen Stein erkennen, wenn er davorsteht, aber er glotzt mit dem Fernglas auf den Berg Amar. Ich nahm ihm das Fernglas aus der Hand. Mein seliger Großvater hat das Fernglas von seiner Hadsch mitgebracht. Seitdem haben wir es nur an wenigen Tagen rausgeholt und benutzt. Mein seliger Großvater hat es um den Hals gehängt, wenn er zur Jagd gegangen ist. Nachdem er gestorben war, sagte mein Vater, das Fernglas sei ein Erinnerungsstück an seinen seligen Vater, und versteckte es. Wenn er heute noch auf den Beinen wäre und so kräftig wie früher, hätten wir es auch jetzt nicht von ihm bekommen. Er hätte geschrien und geflucht und gesagt, es sei ein Erinnerungsstück, und hätte es uns weggenommen und an einem Ort versteckt, an dem selbst der Satan nicht nachschauen würde. Er hat das Fernglas in der Truhe, in der Scheune und an den unmöglichsten Orten versteckt, bis es vermodert ist. Die Linsen sind staubig und schmutzig. Weil es seit Jahren nicht benutzt wird, hat auch niemand die Linsen geputzt. Ich putzte es mit meinem Hemd. Es wurde nicht sauber. Die Linsen waren immer noch ganz schmutzig. Ich nahm zwei Zigarettenpapiere aus meinem Tabakkästchen und wischte die Linsen damit ordentlich sauber. Alle beobachteten mich voller Spannung.

Ich führte das Fernglas an die Augen und schaute auf die Spitze des Berges Amar, auf den Bereich, wo die prächtigen Eichenbäume standen, auf die steilen Felsen und auf das Plateau am Bergsaum. Man konnte nichts Auffälliges sehen. Alles war genauso an seinem Ort wie vor hundert Jahren. Am Berg fehlte weder etwas, noch war etwas zu viel. Ich verharrte. Ich lauschte dem Geräusch der Gräser, die ich unter meinen Füßen platt trat, und den Stimmen des Laubs. Kein Hund bellt, keine Kuh muht, kein Esel schreit, kein Kind weint, kein Schaf blökt, kein Huhn gackert, kein Hahn kräht. Sie haben den Atem angehalten, gemeinsam mit den Leuten aus dem Dorf. Sie haben ihr Ohr auf den Berg Amar gerichtet. In großer Sorge. Ein kleiner Schatten wurde zu einem Kamel, ein winziges Geräusch zu einem Lärm.

Ich führte das Fernglas an meine Augen und schaute noch einmal und noch einmal. Ein Krähenschwarm flog über uns und tauchte in die Tiefen des Walnusstals ab. Ein Pferd wieherte, dann versank wieder alles in Stille. Ein flüchtiger Schatten fiel mir ins Auge. Sie kommen! In den Tiefen meiner Seele wallte ein unbestimmtes Tosen auf. Ich dachte, wir müssten sofort von hier weg, und ich wurde unruhig.

Ich hängte mir das Fernglas um den Hals und wies vor den Leuten, die bei der kleinsten Sache in Panik geraten, mit der Hand auf den Berg Amar: »Ja, sie kommen. Ich hab sie gesehen. Sie kommen!« Die Leute ließen die Arme hängen, die Köpfe sanken ihnen auf die Brust. Cemal, der sich schon fürchtet, wenn irgendwo ein Ast knackt, fragte: »Onkel Cemşid, kommen sie diese Nacht?« Kasım blieb plötzlich stehen, richtete seine Augen auf die seines Sohnes und sagte: »Ja, Cemal, sie werden kommen! Gibt es noch ein Dorf in der Umgebung, das nicht niedergebrannt ist? Unseres ist das einzige Dorf, das sie noch nicht angezündet haben. Nur hier. Sie werden kommen und keinen Stein auf dem anderen lassen. Sie werden das Dorf, die Häuser und den Berg anzünden.« Mein Sohn mit seinen getrockneten Blutflecken im Gesicht musterte die Dorfbewohner, als wolle er sie zum Kampf herausfordern, und sagte wütend: »Sie werden kommen und das Dorf anzünden. Die Häuser werden sie niederbrennen.« Kasım nickte, um meinem Sohn recht zu geben: »Ja, heute Nacht oder morgen werden sie hier sein.«

Ich sagte den Leuten mit ihren hängenden Schultern, angespannten Mienen und diesem Ausdruck, als würden sie umfallen, sobald man sie auch nur einmal anzischt, geradewegs ins Gesicht: »Ich habe es gesehen! Sie kommen! Sie kommen ins Dorf.« Cemal fragte weinerlich: »Aber Onkel, was sollen wir denn jetzt machen?« Kasım vermied den Blickkontakt und sagte: »Wir müssen abwarten. Wir müssen warten. Gott ist groß. Gott ist groß.« Er seufzte.

Ich hob meinen Kopf und schaute zum Berg und zum Himmel. Die Finsternis stürzte vom Himmel auf das Erdenrund, und vom Erdenrund stieg Stille zum Himmel auf. Ich suchte mit dem Fernglas noch einmal die Felsen, den Wald und den Berg ab, aber die Finsternis war bereits hereingebrochen, und man konnte nichts mehr erkennen.

HAVVA

Als die wiederkäuende Kuh mit dem Maul voller Grünzeug den Mann sah, der vom Berg Amar ins Dorf gerannt kam, drehte sie sich um und muhte zwei Mal. Kurz darauf war alles von Schreien erfüllt: »Sie kommen! Sie kommen!« Peyruze stürzte aus dem Zimmer von Opa Eyüp hervor und lief raschen Schrittes vors Haus. Opa Eyüp rief ihr noch zwei, drei Mal hinterher, doch Mutter Peyruze antwortete ihm nicht, sie wandte sich nicht einmal nach ihm um. Die Neugier überkam mich. Ich machte die Flamme unterm Topf kleiner, warf mir ein Tuch übers Haar und lief hinaus. Alle hatten sich unter dem Maulbeerbaum versammelt. Frauen, Kinder und Greise blickten einander voller Furcht an. Cemal stand der Schweiß im Gesicht. Er war müde. Seine Stirn sonnenverbrannt, sein Gesicht voller Wehmut, sein Blick voller Zweifel.

Das Dorf hielt den Atem an und starrte auf den Berg. Niemand sprach. Eine unsichtbare Tatze hatte sich auf alle Dinge gelegt. Man hätte eine Stecknadel fallen hören können. Kasım schirmte seine Augen mit dem Handrücken vor der Sonne ab und blickte auf den Berg. Ich legte meine Hände wie ein Fernglas um die Augen und blickte auf den Berg. Ich konnte nichts erkennen. Kasım suchte mit einem echten Fernglas den Bergrücken mehrere Male ab. Anscheinend konnte auch er nichts erkennen. Cemşid nahm ihm das Fernglas ab und bewegte es langsam über den Bergrücken. Er kniff seine Augen zusammen und starrte den Menschen aus dem Dorf ins Gesicht. Er putzte die Linsen und setzte das Fernglas wieder auf den Berg Amar an. »Ich hab sie gesehen. Sie kommen«, sagte er. Alle ließen die Köpfe sinken. Ein Raunen stieg aus der Menge. »Lasst uns fortgehen. Fliehen wir«, sagte jemand. Als mir vor lauter Nervosität mein Stock aus der Hand glitt und auf den Boden fiel, erstarrten alle, verstummten und blickten mich ängstlich an. Sie hatten sich erschreckt. Ich nahm den Stock und marschierte zu Cemal. »Cemal, lass uns weggehen«, sagte ich. Er schwieg und drehte sich um. »Cemal, hör zu, sie kommen. Sie zünden die Dörfer eines nach dem anderen an«, sagte ich. Er schwieg und blickte zu Boden. »Sie vergehen sich an den Frauen. Kinder, Frauen, Greise, alle bringen sie um. Sie machen keinen Unterschied«, sagte ich. Cemal schwieg wieder und wich meinem Blick aus.

Sie kommen! Was sollen wir jetzt nur machen, wo sollen wir hin? Wir haben keinen Ort, an den wir fliehen können. Die Dunkelheit brach herein. Sie werden die Häuser, das ganze Dorf in Brand stecken. Und was mache ich, wenn sie sich an mir vergreifen? Es ist besser, wenn ich sterbe, wenn ich hundertmal sterbe. Allah, lass mich lieber sterben, als das erleben zu müssen.

EYÜP

Die Finsternis ist hereingebrochen. Niemand ist nach Hause gekommen. Ich liege im Bett. Ich bin allein. Als die letzten Sonnenstrahlen an die Wand fielen, kam jemand ins Haus gelaufen, wühlte in der Truhe im hinteren Zimmer und nahm etwas weg. Ich schrie ihm hinterher. Ich rief nach Hilfe. Er antwortete nicht. Nach einer Weile ging er weg. Danach kam niemand mehr nach Hause. Peyruze hat mich hier allein zurückgelassen. Ich bin zu einer Last für meine Söhne, meine Schwiegertöchter und meine Enkelkinder geworden. Ich bin bettlägerig. Ich versuche die ganze Zeit, mich abzulenken. Ich denke an meinen Vater, an meinen Großvater und an meine Kindheit, um das Herumgerenne da draußen aus meinem Geist zu vertreiben.

Ich erinnerte mich an Mustafa aus Celli. Mein Vater lernte ihn auf der Hadsch kennen. Er war einer der berühmtesten Diebe seiner Zeit. Er war so wagemutig, dass er Lastwagen hinterherlief, wenn sie einen Hang aufwärts fuhren, auf die Ladefläche sprang und die Waren an den Straßenrand warf. Als Mustafa aus Celli schon über sechzig Jahre alt war, stürzte sein kleiner Sohn in einen Brunnen. Da verstand er, was der Tod war, fand zu Gott, bereute und ging auf die Hadsch. Seine Freunde, seine Verwandten und alle, die ihn kannten, waren verblüfft. Manche dachten, er wolle nur die Pilger ausrauben, andere sagten, er habe Umkehr und Buße getan und werde künftig ein frommer Mann. Man erzählte sich Witze über ihn. Als die Pilger in Mekka den Satan mit Steinen bewarfen, wie es vorgeschrieben ist, soll der Satan zu Mustafa aus Celli gesagt haben: »Auch du, mein Sohn?«

Einmal hörte mein Vater die Gebete von Mustafa mit an. »O Herr, schenke Cemil eine Schafherde. Ach mein Gott, gib dem Cemil eine Herde Ziegen, mein Herr, schenke Cemil Dutzende von Pferden und Hunderte von Kühen«, betete er unablässig vor der Kaaba. Nachdem mein Vater das mehrere Male mit angehört hatte, hielt er es nicht mehr aus und fragte: »Mustafa, warum betest du nicht für dich selber?« Mustafa grinste und sagte: »Der kennt mich doch. Mir gibt er nichts. Und der Cemil ist kein Fremder, er wohnt in einem Dorf in der Nähe.« An der Stelle hat mein Vater nie weitererzählen können, sondern immer einen Lachanfall bekommen. Dann wiederholte er mehrere Male die Worte: »Der kennt mich doch. Mir gibt er nichts.« Wenn er sich der vollen Aufmerksamkeit aller Zuhörer sicher war, holte mein Vater ein paar Mal tief Luft und betonte jedes einzelne Wort: »Na, die Sache war die: Mustafa hat regelmäßig bei Cemil aus dem Nachbardorf Tiere gestohlen.« Dann lachte er wieder.

Diese fröhlichen Nächte voller Geselligkeit sind ein

für alle Mal vorüber. Nichts schmeckt mehr nach irgendwas. Die Gebete meines Vaters wurden erhört. Als er überhaupt nichts hatte, rief er uns eines Abends zu sich, als wolle er auf eine lange Reise aufbrechen. Wir aßen zusammen, wir unterhielten uns, wir sprachen von früher, und mein Vater erzählte die Geschichte von Mustafa aus Celli und wie mein seliger Großvater einmal in der Stadt zum Barbier ging. In jener Nacht lachten wir schallend und hatten unseren Spaß, und zu später Stunde ging jeder schlafen. Als ich in mein Zimmer kam, lag Peyruze schon im Bett. Ich legte mich neben sie und erzählte ihr, wie mein seliger Großvater einmal in der Stadt beim Barbier war.

Der Barbier begrüßte ihn an der Ladentür. So höflich, so respektvoll. Mein Großvater war so etwas nicht gewohnt. Und er dachte sich, die Sache hat bestimmt einen Haken. Mal schauen, was da auf mich zukommt, sagte er sich und setzte sich in den Friseurstuhl. Der Barbier redete die ganze Zeit beim Rasieren. Als er fertig war, schaute mein Großvater sich im Spiegel an und fragte: »Wie viel schulde ich Ihnen?« Der Barbier rieb sich seine Hände und sagte lächelnd: »Onkel, nur das, was deine Ehre dir gebietet.« Mein Großvater steckte seine Hand in die Tasche und suchte und suchte. Am Ende fand er fünfundzwanzig Kurusch. »Mein Neffe, für die Ehre deines Onkels ist das noch viel zu viel, aber es ist halt das Kleingeld, das ich habe«, sagte er und drückte dem Barbier die fünfundzwanzig Kurusch in die Hand.

Als wir morgens aufstanden, lag mein Vater in seinem Bett. Der Mann, der abends noch kerngesund war, lag am Morgen tot da. Als hätte er gewusst, dass er in der Nacht sterben musste. Deshalb hatte er uns alle eingeladen und sich von uns verabschiedet. Das nenne ich Schicksal.

Die Welt ist leer. Niemand ist mehr da. Meine selige Mutter sagte immer: »Nicht einmal Süleyman der Prächtige durfte die Welt behalten – wir dürfen es ganz bestimmt nicht.« Diese Nacht ist meine letzte Nacht. Hoffentlich kommt Azrael und holt sich seine Leihgabe zurück. Ich drehe mich nach rechts, ich drehe mich nach links. Mein Bauch ist aufgebläht. Ich halte es nicht mehr aus. Havva und Peyruze sind auch nicht gekommen. Ich kann nicht mehr einhalten. Gleich entweicht es mir. Ich spanne meine Beine an. Mein Bauch platzt gleich. Der Schweiß steht mir auf der Stirn. Ich beiße mir auf die Lippen. »Havva! Peyruze! Cemal! Kasım! Cemşid! Amar!«, rufe ich. Niemand ist da. Niemand antwortet. Ich denke an andere Dinge, um meine Lage zu vergessen. Wie Mustafa aus Celli hinter den Lastwagen hergerannt ist, wenn sie den Hang hochfuhren, wie mein seliger Großvater nach der Rasur den Barbier fragte, wie viel er ihm schuldig sei, wie wir in der letzten Nacht meines Vaters über seine Geschichten gelacht haben, wie man manchmal auf dem Berg Amar einen Rappen sehen kann, und wie damals mein Opa Amar und meine Oma Sara auf dem Pferderücken flohen und ins Walnusstal kamen. Etwas leicht Warmes läuft mir an den Beinen herunter. Ich entspanne mich. Der Krampf in meinem Gesicht löst sich. Während es warm und nass an meinen Beinen herunterläuft, entspanne ich mich und atme endlich durch.

MÜSLÜM

Gottverdammt! Gottverdammt! Möge Gott euch verfluchen!

AMAR

Unterm Maulbeerbaum drängte es sich. Alle möglichen Leute hatten sich versammelt, Männer, Frauen, Kinder, Greise. Ihre Augen hingen am Berg Amar, ihre Ohren an Cemşid. Alle warteten auf irgendetwas und alle hatten Angst.

Müslüm sagte: »Lasst uns hier weggehen. Wir müssen das Dorf verlassen, bevor sie herkommen.« Havva und die anderen Frauen unterstützten ihn. »Lasst uns weggehen«, sagten sie. Ich bekam ein klammes Gefühl. Was, wenn sie weggingen? »Ich kann hier nicht weg. Unsere Gräber sind hier!«, schrie ich. Alle schwiegen. Havva schaute mir in die Augen und sagte: »Lass uns gehen. Lass uns diese Nacht weggehen. Sie werden das ganze Dorf in Brand stecken, Onkel Amar.« Müslüm lehnte sich auf: »Worauf warten wir noch? Dass sie kommen und uns umbringen? Lasst uns gehen und uns verstecken! Wir können auf den Berg fliehen. Wir können uns in einer Höhle verstecken. Hauptsache, wir bleiben nicht einfach hier sitzen.« Kasım drehte sich ganz ruhig eine Zigarette, ohne etwas zu sagen. Er spuckte die Tabakkrümel auf seiner Zunge auf den Boden und entgegnete auf die ganze Aufregung nur: »Wir gehen nicht!« Cemşid sagte zornig: »Wir können unsere Sachen aus den Häusern holen und verstecken. Sie werden die Häuser ja anzünden.« Daraufhin wurde Kasım wütend. »Wo willst du sie denn verstecken? Wo willst du die Sachen hinpacken? In die Höhlen? In die Ställe? Denkst du, wenn sie kommen, um das Dorf niederzubrennen, fällt ihnen nicht ein, in den Höhlen nachzuschauen?«, fragte er. Müslüm versuchte, sich die getrockneten Blutflecken aus dem Gesicht zu wischen. Er drehte sich zu seinem Vater um. »Vater, wir wollen unser nacktes Leben retten, und du redest nur von unserem Besitz.« Daraufhin schaute ihm Cemşid mitleidig ins Gesicht und blickte dann schweigend und abwesend in die Ferne. Havva fragte: »Was sollen wir denn jetzt machen? Worauf warten wir? Vor ein paar Tagen haben sie das Dorf auf der anderen Seite des Berges niedergebrannt, alle Dorfbewohner mussten sich ausziehen und auf dem Dorfplatz antreten. Sie haben sich an den Frauen vergriffen. Worauf warten wir? Lasst uns fliehen! Lasst uns von hier fliehen!«

Müslüm fiel mit dem Gesicht auf den Boden und zitterte wie Espenlaub. Er atmete keuchend. Seine Augen wurden riesig, er hatte Schaum vor dem Mund und zappelte auf dem Boden wie ein Huhn, dem man den Kopf abgeschlagen hatte.

RESUL

»Hü-Hott!«, rief ich und ritt mein Pferd. Ilyas, Mirza, Azad und ich waren vom Maulbeerbaum weggegangen. Wir lehnten unsere Pferde an die Wand. Ilyas richtete seine Augen auf den Horizont und sagte: »Sie werden unsere Häuser anzünden. Wir müssen etwas machen.« Ich schaute auf mein kurzes Bein. Wenn ich nicht hinken würde, würde ich fliehen. Aber so geht es nicht. Sie würden mich als Ersten schnappen.

Ilyas rief: »Onkel Müslüm ist ohnmächtig geworden!«, und ich rannte los. Mein Fuß blieb hängen, ich stürzte zu Boden. Azad hob mich auf. Hinkend und humpelnd kam ich zu ihnen. Mein Papa lag zitternd auf dem Boden. Mein Opa hielt seine Hand. Alle standen um sie herum. Ich rannte zu ihnen. Meinem Vater lief der Schaum aus dem Mund, seine Augen waren ganz weiß. Mein Opa hielt seinen Kopf ganz fest, Onkel Kasım seine Arme und Onkel Cemal seine Beine. Sie schrien die Umstehenden an: »Bringt eine Zwiebel!«, und ich wischte mir die Tränen ab und rannte nach Hause, um Zwiebeln zu holen.

HAVVA

»Bringt eine Zwiebel!« Ich drehte mich um. Müslüm lag zitternd auf dem Boden. Cemal hielt seine Beine fest, Cemşid den Kopf und Kasım die Arme. Es war, als würde er ihnen entgleiten und wegspringen. Sie konnten ihn nicht ruhig halten. So stark zitterte er. Sein Augenweiß war ganz rot und aus seinem Hals kam ein starkes Keuchen. Aus seinem Mund troff der Speichel. Seine Stirn blutete. Cemşid versuchte, seine zu Fäusten verkrampften Hände aufzudrücken. Er schaffte es nicht. Er fing an zu weinen. Er hob seinen Kopf und schrie: »Bringt eine Zwiebel!« Müslüm war ganz steif. Er trat die Luft und den Boden und schüttelte sich. Ilyas, Azad und Resul liefen nach Hause. Es war unmöglich, Müslüm stillzuhalten. Ilyas kam mit Zwiebeln angelaufen. Cemşid schlug eine Zwiebel auf einen Stein, brach sie auf und drückte sie seinem Sohn unter die Nase. Der Speichel aus Müslüms Mund lief über seinen Hals, über den Boden und über seine Brust. Kasım öffnete Müslüms Hemdknöpfe. Cemşid wischte sich die Tränen ab und hielt die Zwiebel wieder seinem Sohn unter die Nase. Müslüms Zittern wurde langsamer, seine Beine hörten auf, die Luft zu treten, und fielen zu Boden. Es hörte auf. Er atmete jetzt tief und sein

Gesicht wurde weicher. Cemşid wischte sich die Tränen ab und warf die Zwiebel in Richtung der wiederkäuenden Kuh. Er wies die Umherstehenden zurecht. Cemal nahm Müslüm auf seinen Rücken und trug ihn nach Hause. Resul wischte sich die Tränen ab und hob die Plastikschuhe seines Vaters vom Boden auf. Er rannte ihnen nach.

EYÜP

Die Stimmen sind verstummt. Alle sind in ihre Häuser gegangen. Peyruze zittert wie Espenlaub. Hinter ihr kommt Havva, sie macht ein trauriges Gesicht, ihre Augen sind voller Fragen. Ich wartete darauf, dass sie erzählen, was passiert ist, warum sie so lange draußen waren, wer gekommen ist. Aber alle schwiegen, als hätten sie sich abgesprochen. Niemand schaute den anderen an. Ein dunkles Schweigen war über sie gefallen. Peyruze kam zu mir, nachdem sie den Basilikum vor dem Fenster angefasst hatte. Der Geruch des Basilikums breitete sich im Zimmer aus, während sie mit Havva begann, mich sauber zu machen. Ich dachte die ganze Zeit darüber nach, was es wohl mit diesem Schweigen auf sich hatte. Havva nahm meinen schmutzigen Pyjama und das nasse Betttuch mit. Ich schaute Peyruze an. Sie drehte ihren Kopf weg.

Kasım erschien mit übertrieben guter Laune und setzte sich neben mich. Er kam mit dem Mund an mein Ohr und schrie hinein, dass sie Unkraut gejätet hätten, das schon so hoch gewachsen war, und dass es jeden Tag heißer wurde. Kasıms unnatürliches Verhalten machte mir Kummer. Ich wusste sofort, dass er etwas vor mir versteckte. Er war nicht jemand, der viele Worte machte.

Normalerweise war er entweder still oder in Gedanken versunken. Cemşid ist derjenige von meinen Söhnen, der am meisten spricht. Er kann stundenlang über irgendein Thema reden.

Ich fragte Kasım: »Was ist passiert? Warum plapperst du eine Stunde lang drauflos? Was ist passiert? Warum sind alle so unruhig?« Kasım war etwas überrascht. Er rieb sich die Augen und schaute mir ins Gesicht. »Es ist alles wie immer, Vater. Es ist nichts«, sagte er und schaute dann weg. Ich verstand sofort, dass alles schieflief, dass eine Katastrophe vor der Tür stand. Die Muskeln und Knochen in meinem Körper schmolzen dahin. Ich lag da wie ein Klumpen Fleisch. Ich schaute Kasım und Peyruze ins Gesicht und sagte: »Jetzt kommen sie also! Stimmt es, Kasım, kommen sie?« Kasım schluckte. Er schwieg. Er atmete Wehmut aus jeder Pore.

Cemşid kam ins Zimmer. »Sie kommen, Baba.« Kasım zog an ihm und versuchte ihn zum Schweigen zu bringen. Cemşid schluckte die ganze Zeit, weil er einen trockenen Mund hatte. Er stürzte ein ganzes Glas Wasser hinunter. »Wo ist Amar?«, fragte ich. Sie schauten einander an und lachten. Amar … mein armer Sohn … Wie oft hab ich ihn mir vorgenommen und gesagt: »Amar, mein Sohn, man stirbt nicht mit den Toten. Hör jetzt auf zu trauern. Der Tod kommt von Gott.« Aber es hat nichts genutzt. Am Tag, als wir seine Frau bestatteten, hat er sich dem Imam zum Trotz ins Grab gelegt und gesagt: »Wie wird meine Schmuni liegen?« Er legte sich auf den

Rücken und schaute ganz lange zum Himmel, auf die Wolken, auf die Äste, die über dem Grab hingen, und auf die Menschen, die ungeduldig um ihn herumstanden.

An dem Tag hab ich meinen Amar verloren. Er ist weggedriftet. Ich hab an dem Tag nicht nur meine Schwiegertochter, sondern mit ihr auch meinen Sohn begraben. Als wäre er nie erwachsen gewesen. Dabei war ich der glücklichste Mann der Welt, als er auf die Welt kam. Ohne zu zögern, flüsterte ich ihm drei Mal »Amar« ins Ohr und gab ihm damit den Namen meines Urgroßvaters. Ich dachte, mein Sohn könnte den Platz unseres Vorvaters einnehmen. Aber was musste ich erleben, das Himmelsrad drehte sich verkehrt herum. Erst verliebte er sich in ein Mädchen, das er auf der Newroz-Feier sah. Dann ließ er sich von einem Priester einreden, dass er einen riesigen Rosengarten pflanzen muss, und dann zog er mit dem Priester los, um das Mädchen zu entführen. Die Familie des Mädchens streifte tagelang durch Feld, Wald und Wiesen, um sie alle umzubringen. Die Leute erzählten, dass Amar Schmuni wie sein Vorvater auf Bas Rücken mitgenommen hatte und die beiden wie der Wind geflogen waren. Andere erzählten, sie hätten sich in der Dschinnenhöhle versteckt. Der Streit mit ihrer Familie war gerade erst beigelegt, als meine Schwiegertochter Schmuni von Gott heimgeholt wurde. Der Rest ist bekannt … Amar ließ alles stehen und liegen. Er ging nie wieder aufs Feld, jätete kein Unkraut mehr, hütete keine Schafe, redete mit niemandem mehr vernünftig. Er begann, seine Tage und Nächte auf dem Friedhof zu verbringen. Er redet mit Schmuni, als stünde sie vor ihm. Ich weiß nicht, ob ein Dschinn in ihn gefahren ist oder nur der böse Blick auf ihm liegt. Manche Leute erzählen, dass Amar in manchen Nächten auf einem Rappen durch die Berge streift. Das Pferd sei so schnell, dass man es nur aus dem Augenwinkel sehen kann, und sobald man sich umdreht, ist es schon verschwunden.

Kasım stand auf und setzte sich auf ein Kissen. Cemşid nahm seinen Platz neben mir ein. Er nahm meine Hand und gab mir einen Kuss. Er beugte sich über mein Ohr und sagte: »Baba, Baba, hörst du mich? Vater, sie kommen. Wir müssen hier weg. Lass uns auf dem Berg Zuflucht suchen!« Ach mein dummer Sohn, ach mein feiger Sohn! Ich kann hier doch nicht weg. Ich hab noch ein oder zwei Tage zu leben, und mein Sohn sagt mir, ich soll noch fliehen. Ich sagte nichts. Ich wandte meinen Kopf ab. »Baba, hörst du mich? Wir müssen diese Nacht weg. Sie kommen!« Als ich mich umdrehte und ihm wütend ins Gesicht schaute, sprang er plötzlich auf und fragte ganz verwirrt: »Was machen wir denn jetzt? Vater, was sollen wir tun?« Er starrte auf mein Gesicht, meine Augen, meine Hände und meinen schwärenbesetzten Körper. Er ging zu Kasım, doch dann ließ er davon ab, sich bei ihm zu beschweren, und geisterte durchs Zimmer. Peyruze sagte: »Nimm deine Medizin!« Ich drehte mich weg. Ich blieb still. Cemşid stellte sich vor mir auf und sagte noch einmal: »Vater, sie kommen. Was sollen wir denn jetzt machen?« Ich blieb still. Cemşid verließ das Zimmer und knallte die Tür zu.

Ich blieb still. Ich kniff die Augen zu und ging in mich. Vor meinen Augen schwirrten Tausende von Bildern durcheinander und Geräusche verwoben sich. Ich blieb still. Ich blieb still, als hätte ich keine Zunge im Leib.

MÜSLÜM

Alles tut mir weh. Ich bin so müde. Ich kann kaum auf den Beinen stehen. Ich habe Kopfweh. Was ist los? Was ist mir passiert? Auf der Stirn brennt es. Ich fasse hin. Getrocknetes Blut auf meinen Fingerspitzen. Ich zerreibe die Blutklümpchen zwischen meinen Fingerspitzen, bis sie ganz klein sind. Mir ist schwindelig. Mein Rücken, mein Kopf, meine Knie und meine Arme tun weh. Mein Mund ist ganz trocken. Das Steinhuhn im Käfig hat seinen Kopf gehoben und schaut mich an. Ich möchte seinem Blick ausweichen und ziehe mir die Decke über den Kopf, um schlafen zu können.

CEMŞID

Ich hab die Tür so fest geschlossen, wie es geht, und den Schlüssel zwei Mal im Schloss gedreht. Dann hab ich den eisernen Riegel vorgeschoben. Ich hab an der Tür gerüttelt. Wenn man fest dagegen tritt, bricht sie bestimmt auf. Hinter die Tür habe ich den riesigen Baumstumpf aus dem hinteren Zimmer gerollt. So können sie nicht zur Tür hinein, wenn sie kommen. Aber durchs Fenster können sie herein. Nein, nein, durchs Fenster kommen sie auch nicht, es ist erstens viel zu hoch, und zweitens sind Eisengitter davor. Aber wenn sie eine Leiter nehmen? Sie können die Leiter an die Mauer stellen und die Eisengitter von außen abmontieren. Die meisten sind rostig.

Ist mein Haus sicher? Ich bin nicht in Sicherheit. Ich kann mich jetzt nicht ausziehen, meinen Schlafanzug anziehen und ins Bett gehen. Wenn sie alle Berge, Hügel und Täler überwinden, während ich schlafe, und plötzlich in unserem Dorf stehen? Was kann ich machen, wenn ich aufwache und wir sind umzingelt? Ich kann weder weglaufen noch mich verstecken. Ich entschloss mich, den Schlafanzug nicht anzuziehen. Ich habe Angst davor, im Schlafanzug auf den Dorfplatz gezerrt zu werden. Sagen wir, ich stehe in dem Aufzug auf dem Dorfplatz, wie kann ich meinem Sohn und meinem Enkel noch in die Augen schauen? Sie würden in mir jedes Mal den Typen sehen, der vor Angst zitterte wie Espenlaub und im Schlafanzug auf den Dorfplatz gezerrt worden ist. Nein, nein, es ist viel besser, angezogen zu bleiben. Wenn ich mich so hinlege, ist es auch sehr unbequem, dann kann ich eh nicht einschlafen. Sie können ja jeden Augenblick kommen. Wenn einer aufs Dach klettert, kann er sogar zum Schornstein rein. Der Schornstein ist riesig. Da kommt sogar eine Kuh durch. Dabei nutzen wir den doch schon so lange nicht mehr. O Mann, und ich bin bis heute nie auf die Idee gekommen, den Schornstein zuzumauern. Wie dumm ich bin. Wenn einer sich durch den Schornstein herunterlässt, steht er sofort im Zimmer. Hoppla. Er muss sich nur den Ruß abklopfen, und dann kann er zur Tür gehen und den Baumstumpf wegrollen, den ich hinter die Tür gerollt habe, dann kann er die Tür sperrangelweit aufreißen. Und alle, die schon vor der Tür warten, stürmen mit einem Mal herein und plündern meinen Haushalt. Hinterher zünden sie alles an. Gut, dass ich mich nicht umgezogen habe. Dann hab ich wenigstens was an, wenn sie reinkommen. Ich hab einen trockenen Hals. Ich trinke ein Wasser.

Das Wasser hat gutgetan. Noch ein Glas. Ah, das erfrischt. Mein Magen rumort auch. Als ich am Abend auf den Berg Amar gestarrt habe, waren alle still und dachten an andere Dinge. Alle waren in sich versunken und schauten sich ängstlich um. Niemand hat einen anderen Freund als seinen eigenen Schatten. Wenn jemand plötzlich einmal buh gemacht hätte, wären sie alle vor Furcht ausgerastet.

Ich sagte zu meinem Vater: »Sie kommen, wir müssen hier weg.« Er sagte nichts. Jetzt hat er sich wohl geschworen, nicht mehr zu sprechen. Er liegt schweigend im Bett, als hätten sie ihn da festgenagelt. Als ob er glauben würde, dass niemand ins Dorf kommt, wenn er nur nichts sagt, als ob uns niemand am Kragen packen und zusammentreiben würde, als ob sie unsere Häuser nicht niederbrennen würden … So ein sturer Kerl. Mein Opa hat immer gesagt: Der Eyüp ist stur wie ein Bock. Ein Vater kennt ja seinen Sohn am besten. Wenn er nicht so stur wäre, hätte er dann die Katze so gefoltert? Aber Kasım ist ja sowieso immer auf Vaters Seite. Der hat ja gar keinen eigenen Kopf, mit dem er denken könnte. Was immer mein Baba sagt, Kasım plappert ihm nach und macht es genauso, wie Baba gesagt hat. Der war schon immer so. Auch heute hat er mich nicht überrascht. Dann bleibt nur noch unser Kleinster, Amar. Mit dem muss ich nicht mal reden, das ist nur verlorene Zeit. Der ist komplett verrückt. Den muss ich nicht mal fragen, ob er mitkommen würde. Dem ist doch egal, wenn ihm die Welt überm Kopf zusammenbricht. »Ich kann nicht weg, Schmuni ist doch hier begraben«, wird er sich widersetzen. Sobald wir unterm Maulbeerbaum fertig waren, hat er sich seine Schaufel geschnappt und ist zum Friedhof gerannt. Allah weiß, was ihm da in den Kopf gekommen ist. Was will er denn in der dunklen Nacht mit einer Schaufel auf dem Friedhof anstellen? Man kann sich in so einen überhaupt nicht hineinversetzen, wie sein Kopf so tickt. Auf einmal holt er seine Schmuni aus dem Grab und will sie mitnehmen. Oder er schaufelt sich gleich ein Grab neben ihr und legt sich da lebendig rein. Es ist unmöglich vorauszusehen, was Amar vorhat.

Jemand rüttelt an unserer Tür. Sie kommen! Alle Dörfer weit und breit sind schon verbrannt. In manchen mussten die Männer splitterfasernackt durchs Dorf paradieren. In manchen haben sie alle Leute ohne Unterschied erschossen. Möge Allah uns vor diesen Tagen und dem Übel, das sie bringen, schützen. Und während das alles passiert, starrt mein Vater Löcher in die Decke und schweigt, statt uns zu sagen, was wir tun müssen, und einen Ausweg zu finden. Kasım sagt nichts. Amar ist es egal. Und ausgerechnet der Angsthase Cemal mit seinem beschränkten Verstand stellt sich hin und sagt, wir sollen gegen sie kämpfen. Als ob sein Vater im Dorf ein Waffenlager hätte. Wenn du jedes Haus auf den Kopf stellst, findest du vielleicht zwei Jagdgewehre, zwei rostige Dolche, drei oder vier Handbeile, ein paar Sicheln und höchstens fünf Sensen. Damit kann man doch nicht kämpfen. Müslüm ist noch mal ein Problem für sich. Gott sei Dank hat er sich nicht den Kopf aufgeschlagen, als er bei seinem Anfall gestürzt ist. Wenn er auf den Stein gefallen wäre, der neben ihm lag, wäre sein Schädel gebrochen. Wie oft ich ihm schon gesagt hab, wenn dir schwarz vor Augen wird und du spürst, dass gleich ein Anfall kommt, dann hock dich auf den Boden und warte ab oder leg dich am besten gleich hin. Wenn der Anfall vorüber ist, kannst du immer noch aufstehen und mit deiner Arbeit weitermachen. Aber er hört ja nicht. Jedes Mal knallt er auf den Boden wie ein nasser Sack. Die Krankheit liegt in der Familie. Mein seliger Onkel hatte auch ganz oft diese Anfälle. Der lag dann auch auf dem Boden und war noch Stunden danach ganz benommen. Mein seliger Onkel hat seine Anfälle auf dem Berg, auf dem Feld, beim Bach und zu Hause gekriegt.

Eines Tages kamen die Kinder angerannt und riefen, mein Onkel sei ins Wasser gefallen. Wir sind sofort hin und haben noch die Leiche im Teich gefunden. Ich presste meinen Kopf auf seine Brust und horchte. Sein Herz schlug nicht mehr. »Er ist tot«, sagte ich zu den Leuten, die um mich herumstanden. In derselben Nacht haben wir sein Grab geschaufelt und ihn begraben. Nach einer Woche kam der Staatsanwalt mit Soldaten und dem Dorfvorsteher. Sie fragten, wie mein seliger Onkel gestorben sei. Ich erzählte ihnen alles. Sie glaubten mir nicht. »Ihr habt ihn getötet«, sagten sie. Als der feine Herr Staatsanwalt zu mir sagte, ich hätte ihn getötet, bin ich aus der Haut gefahren. »Herr Staatsanwalt, das ist mein Onkel, wieso sollte ich den umbringen?«, sagte ich, aber ich konnte mich nicht durchsetzen. Er wollte mich nicht einmal anhören. Er schaute mir ins Gesicht, als wäre ich ein Mörder, und gab den Soldaten den Befehl, das Grab zu öffnen.

Die Soldaten holten Schaufeln und buddelten ihn aus. Er stank schon. Seine Augen standen ganz weit auf, seine Zunge hing draußen, und seine Stirn war voller Blut, weil er sie sich an einem Stein aufgerissen hatte. Der Staatsanwalt sagte: »Ihr habt ihn bei lebendigem Leib begraben« und nahm den Leichnam mit in die Stadt. Dann stellte sich heraus, dass wir ihn beerdigt hatten, obwohl er nur ohnmächtig gewesen war. Sie haben dann mich, meine Brüder, meinen Vater und ein paar Männer aus dem Dorf verhaftet und in die Zelle gesteckt.

Seitdem muss ich immer, wenn ich mich an meinen seligen Onkel erinnere, daran denken, wie er im Grab gezappelt hat, wie er seine Stirn an einem Stein aufgeschlagen hat, wie er wohl geschrien haben muss. Was er wohl alles gelitten hat, nachdem er zu sich kam. In diesem engen Grab. Über ihm Steine und dann eine mannshohe Schicht Erde. Da kannst du schreien so viel du willst, dich hört niemand. Einen Tag nach seinem Tod kamen die Kinder, die auf dem Friedhof die Schafe weiden, und sagten, dass aus dem Grab meines seligen Onkels eine Stimme kommt, aber wir haben sie nicht ernst genommen. Mein Vater sagte, dass mein seliger Onkel sehr viele Sünden begangen habe und es sein könne, dass er im Grab schon die Pein des Gerichts verspürt. Mein seliger Onkel war krank und hatte immer Anfälle. Mein Sohn ist nach ihm geraten.

Ich ging zur Tür und horchte, was draußen vor sich ging. Da war nichts. Nicht einmal ein einziger Nachtvogel rief. Als ob alle Lebewesen ihren Atem angehalten hätten und auf die warteten, die da kamen.

Ob ich meine Sachen irgendwo hinbringen sollte? Irgendwo verstecken? Aber wo könnte ich den ganzen Kram unterbringen? Es ist ja schon Nacht. Es ist stockfinster und ganz still ... Die Dschinnen-Höhle ist sehr geräumig, aber die liegt unterhalb vom Dorf und ist sehr weit weg. Die Wassergrotte ist in der Nähe, aber das wäre doch der erste Ort, wo sie nachgucken, wenn sie kommen. Nein, nein. Die Wassergrotte geht nicht.

Dann schlaf ich lieber, dachte ich mir. Ich konnte nicht schlafen. Ich war hellwach. Ich weiß nicht, was ich tun soll. Wohin könnte ich nur die Sachen bringen? Mir fiel weder ein geeigneter Ort ein noch eine gute Idee. Mein Kopf funktioniert nicht. Ich schau nach meiner Frau. Die sitzt da und guckt leer in der Gegend rum.

Auf einmal stand sie auf. »Wollen wir Kaffee trinken?«, fragte sie und ging Kaffee kochen. Sobald wir unsere Tassen hatten, lächelte sie mir zu und sagte: »Lass uns mal schauen, was uns der Kaffeesatz verrät.« Sie drehte ihre Tasse um. Während die schlimmsten Katastrophen vor unserer Haustür stehen, interessierte sie sich dafür, was der Kaffeesatz sagt. Sie stellte die Tasse mit Unterteller auf den Boden. Sie nahm ihren Ring ab und legte ihn auf die Tasse. Sie ging vor der Tasse in die Hocke und wartete eine Weile. Sie nahm die Tasse in die Hand. Auf den ersten Blick erschrak sie, als hätte sie einem Dschinn ins Gesicht geblickt, und sprang auf. Sie wurde ganz bleich. Sie schüttete Wasser in die Tasse. Sie zitterte wie Espenlaub. »Was ist? Was hast du gesehen?«, fragte ich. »Nichts. Alles gut«, antwortete sie.

Ich ging lange im Haus auf und ab. Ich ging zum Fenster. Ich überprüfte die Tür. Wohin könnte ich nur die ganzen Sachen bringen? Ich kann nicht wie ein Ochs vorm Berg zu Hause rumsitzen und warten, bis sie kommen. Es muss doch einen Ausweg geben. Es muss auf jeden Fall einen Ausweg geben. Nur fällt mir überhaupt nichts ein. Bevor es zu spät ist, muss ich die Sachen aus dem Haus tragen und irgendwo verstecken. Aber wo?

RESUL

Mein Vater hat sich die Stirn aufgeschlagen. Die ganze Zeit fasst er sich mit dem Finger an die Wunde. Er ist aufgestanden und hat das Tuch vom Käfig genommen und den Steinhühnern Futter und Wasser gegeben. Er ist zum Fenster gegangen und hat rausgeguckt, in die Dunkelheit, auf den Berg Amar. Das Dorf lag in einer tiefen Stille. Nichts regte sich. Stille und Dunkelheit machten seine Unsicherheit nur noch größer. Er wusste nicht, was er machen sollte. Sein Gesicht war ganz gelb. Er ging und drückte die Tür ganz fest zu. Er schloss sie ab. Er ging wieder zum Fenster und wartete. Er drehte sich eine Zigarette. Er war so unruhig, dass er die ganze Zeit rumwackelte. Er holte die beiden großen Baumstümpfe aus dem hinteren Zimmer und legte sie vor die Tür. Dann schaute er mir ins Gesicht, als wolle er sagen: »Na, alles klar?«, und grinste mich an.

AMAR

Sie sagen, ich sei verrückt. Ich soll von Dschinnen besessen sein und gemeinsam mit ihnen zu Bett gehen und aufstehen. Sie sagen, ich würde mit einem Grab reden. Über Schmuni sagen sie, sie sei tot. Und ich würde zu ihr hingehen und ihr alles erzählen. Vergiss sie, sagen sie, sie ist tot. Sogar mein Vater denkt, ich wäre verrückt. Mein Vater hat mich immerhin ein paar Male zum Scheich geschleppt, weil ich ja schließlich sein Sohn bin. Der Scheich hat mir einmal aufgegeben, über Nacht im Mausoleum eines Heiligenschreins zu schlafen. Am nächsten Morgen rief der Scheich mich zu sich und starrte mich mit seinen tiefschwarzen Augen an. »Leugnest du Gott?«, fragte er. »Natürlich nicht, mein Scheich!«, rief ich. »Dann hör endlich damit auf, zum Friedhof zu gehen. Man stirbt nicht mit den Toten. Schmuni ist tot. Mit einem Grab reden ist Sünde. Bete lieber für sie. Der Tod ist ein Befehl Gottes. Willst du dich etwa Gottes Befehl widersetzen?«, sagte er. Er wandte sich an meinen Vater und fragte: »Hat Schmuni denn vor der Heirat die Schahada gesprochen und ist Muslima geworden?« Mein Vater druckste herum und meine Mutter sagte: »Ja, mein Scheich, sie ist Muslima geworden.« Cemşid hat es gerade noch geschafft, sich rauszuschleichen, um nicht laut loszulachen. Ich hab mir vorgestellt, wie er draußen wiehernd lacht. Der Scheich sagte: »Friedhöfe sind nicht gut. Geh da nicht wieder hin. Da wimmelt es nur so von Dschinnen und Feen«. Ich musste an das Mausoleum denken, in dem ich die vergangene Nacht verbracht hatte, sagte aber nichts.

Manche Leute sagen, dass ein Dschinn in mich gefahren ist, andere sagen, dass ich eine Armee von Tausenden von Dschinnen befehlige. Meine Mutter hat mir zweimal Amulette gemacht. Ich trage sie noch heute um den Hals. Einmal brachte Cemşid mich zu einem Priester, der einen Bart bis zur Brust hatte und ganz in Schwarz gekleidet war. Der Priester segnete mich und betete. Er räucherte mich ein. Er vertrieb die bösen Geister. Meine Mutter, mein Vater und meine beiden älteren Brüder sahen bald, dass sich nichts geändert hatte, und gaben mich vollends auf. Ab da wurde ich als Entrückter bezeichnet.

Schmuni hatte ich an Newroz kennengelernt. Ich war sofort in ihrem Bann. Ich wäre ohne mit der Wimper zu zucken für sie gestorben. Ich sagte es meinem Vater. »Das geht auf gar keinen Fall«, sagte er. Ich schickte eine Nachricht an ihre Familie, und die sagten auch, dass es auf gar keinen Fall gehe. Ich wusste nicht so recht, was ich tun sollte. Auf Drängen eines Freundes ging ich damals das erste Mal zum Priester. Ich erzählte ihm, was ich auf dem Herzen hatte. Der Priester strich sich ein paar Mal durch seinen dichten, schwarzen Bart. »Amar, mein Sohn. Geh hin und lege einen großen Rosengarten an und bepflanze ihn mit Rosen. Es soll ein Garten werden, in dem rote, weiße, gelbe, zartrosafarbene und pechschwarze Rosen blühen«, sagte er. Als ich ihn verließ, legte er mir die Hände auf die Schultern und sagte: »Der gütige Vater sei mit dir, mein Sohn.« Ich erzählte meinem Freund, was der Priester gesagt hatte. »Hat dieser Priester einen Knall? Was für ein Rosengarten? Welcher gütige Vater? Der Typ nimmt uns doch auf den Arm«, sagte er. Die Offenheit des Priesters hatte mich beeindruckt. Ich kehrte ins Dorf zurück mit der Idee vom Rosengarten.

Ich fällte die Bäume auf der Fläche unterhalb des Hauses und rodete sie mit Spaten und Hacke. Ich riss die Steine aus der Erde und pflügte sie. Mein Vater sagte, ich hätte den Verstand verloren, und stellte sich gegen mich. Also stritt ich mit ihm. Verschiedene Verwandte und Freunde gingen dazwischen und handelten eine Güterteilung zwischen uns aus. Mein Erbteil waren fünfzehn Ziegen, zwei Kühe, acht Schafe und sieben Hühner. Ich verkaufte die Ziegen und Schafe, und von dem Geld besorgte ich Rosenstöcke. Die Bauern lachten hinter meinem Rücken. »Er hat sich in ein aramäisches Mädchen verliebt und ist durchgedreht«, hieß es. »Hast du kein anderes Mädchen gekriegt?«, sagten sie, um mich zu verspotten. Manchmal kam meine Mutter zu mir, um mich zu trösten. Ich pflanzte eintausendzweihundertzweiunddreißig Rosen. Im Frühling gingen sie so wunderbar auf, dass das steinige und kalkige Grundstück sich in einen

Zipfel des Paradieses verwandelte. Ich ging und klopfte an die Tür des Priesters. Er fragte lachend nach dem Rosengarten. Wir kamen zusammen im Dorf an. Die Leute trauten ihren Augen nicht. »Wenn der Priester was im Kopf hätte, würde er nicht diesem Verrückten hinterherlaufen«, sagten sie. Der Priester betrat den Rosengarten und segnete die Rosen. Dann betete er dort. Als er ging, fragte ich: »Was machen wir jetzt?«

»Ich gehe, um mit ihrem Vater sprechen«, sagte er. Zwei Tage später kam er wieder. Er war niedergeschlagen. Er wirkte überhaupt nicht mehr so in sich ruhend wie vorher.

»Ihr Vater bleibt felsenfest bei seinem Nein. Er sagt, er würde seine Tochter eher umbringen, als sie dir zur Frau zu geben.«

Meine Arme und meine Flügel zerbrachen. Ich stürzte zu Boden. Der Rosengarten drehte sich um mich herum. Der Priester hob mich auf und drückte mich an seine Brust.

»Mein Sohn, sei nicht traurig, unser gütiger Vater ist mit uns. Sicher gibt es einen Weg. Unser Vater, der die Finsternis erhellt, wird uns einen Weg weisen. Komm du morgen zu mir«, sagte er. Die ganze Nacht über konnte ich nicht schlafen. Mein Kopf war eine Trommel, alles tat mir weh. Ich stand früh auf und machte mich auf den Weg.

Ich fand den Priester in der Kirche. Sein Gesicht war ganz ruhig und voller Frieden. Er nahm mich in den Arm und flüsterte mir ins Ohr: »Wir entführen sie. Ich hab ihr schon Bescheid gesagt.« Als ich ihn erstaunt anstarrte, legte er seine Hand auf meine Lippen und sagte: »Still.«

Nachts brachen wir auf. Er trug seine Priesterkleider. »Hättest dich wenigstens umziehen können«, sagte ich. Er lächelte. Ich konnte nicht so recht glauben, dass ich mit einem Priester eine Braut entführen ging. Wir richteten uns an dem Ort ein, den er mit ihr verabredet hatte, und begannen zu warten. Wir warteten mehr als eine Stunde, ohne dass jemand zu sehen war. Der Priester betete die ganze Zeit. Als ich durchgefroren war, sagte ich: »Lass uns gehen, sie kommt nicht mehr.«

Wütend sagte er: »Hab Geduld. Denk an die Geduld Hiobs.«

Nach einiger Zeit kam Schmuni. Der Priester begleitete uns bis an den Saum des Berges Amar. »Ich segne euch auf Lebzeit«, sagte er und kehrte in seine Kirche zurück.

Schmuni und ich liefen die ganze Nacht hindurch, um den Berg Amar zu überwinden. Wolken zogen sich zusammen, Blitze zuckten über uns und es regnete, als gösse jemand Eimer über uns aus. Wir verkrochen uns in eine Höhle. Schmuni schlief ein, sobald sie auf dem Boden lag. Ich konnte nicht schlafen. Ich hatte die ganze Zeit Angst, dass jemand kommen oder etwas passieren könnte, und wachte an ihrem Kopfende bis in den Morgen. In jener Nacht beobachtete ich, wie Schmuni schlief, wie sie ein- und ausatmete, wie sie leicht angespannt war und wie schön sie war. Als es am Morgen hell wurde, öffnete sie ihre Augen, und als sie mich vor sich sah, breitete sich ein riesiges Lächeln auf ihrem Gesicht aus. Ja, und wann immer ich mich an Schmuni erinnere, wird vor meinem Auge dieses Lächeln lebendig, das sich in ihrem Gesicht ausbreitete.

CEMAL

Sie legte sich ins Bett. Ihre schwarzen Augen wirkten beklommen. Sie drehte sich nach rechts, sie drehte sich nach links, sie legte sich auf den Rücken, sie starrte die Decke an. Durch ihr Gesicht und über ihre Stirn wirbelten geballte Wolkenmassen. Sie drehte sich zu mir und fragte: »Cemal, werden sie kommen?« Ich wich ihrem Blick aus und schwieg. Sie nahm mich in den Arm. »Cemal, was tun wir jetzt?« Sie nahm ihre Arme von mir und drehte ihr Gesicht zum Fenster. Jetzt nahm ich sie in den Arm. Ihre Augen flammten auf wie ein Feuerstein, mit der Wut eines Ungeheuers richtete sie sich auf. Sie presste ihre Finger auf meinen Brustkorb. »Cemal, sie werden kommen. Sie werden unser Haus niederbrennen. Und du sagst einfach gar nichts. Du rührst keinen Finger.« Ihre langen schwarzen Haare fielen mir ins Gesicht. Mit dem Duft ihrer Haare durchwehte mich eine laue Brise. Mein Mund war plötzlich trocken. Ich tauchte in ihre größer werdenden Augen. Ich streichelte die Finger, die sie mir in die Brust bohrte, dann ihre Hände. Ihre Augen wuchsen, ihr Gesicht entspannte sich, ihr Körper zitterte, ihr Atem wurde schneller, ihr Gesicht schwitzte. Meine Finger an ihrem Hals, in ihrem Haar, auf ihrer Stirn, in ihrem Gesicht, auf ihrer Brust, sie wanderten. Ihr Haar schlug in mein Gesicht wie ein Windhauch, wie eine Pferdemähne. Das Quietschen des Bettgestells und unser Stöhnen erfüllten die Stille der Nacht und das Zimmer. Auf ihrer Haut wurde meine Hand größer.

Ich war außer Atem. Durch das Fenster wehte ein kühler Windhauch herein. Ich zündete eine Zigarette an. Havva lag mit dem Gesicht auf der Matratze und atmete schnell. Ich ließ meine Finger über ihren Rücken wandern und streichelte ihren Hals, ihr Haar, ich küsste sie, ich roch an ihr. Die Nacht, die Finsternis, die Stelle, Havvas Atem – ich lauschte. Eine Eule rief in kurzem Abstand drei Mal hintereinander. Die Blätter des Maulbeerbaums rauschten. Eine Kuh muhte. Ich lauschte Havvas Herzschlag, dem Surren einer Mücke, dem Rauschen eines Blattes. Die Vorhänge schüttelte ein Windstoß. Ich fror.

Ich löschte die Zigarette. Aus dem Nebenzimmer drang das Stöhnen meines Großvaters. Diese Nacht wachte meine Großmutter an seinem Bett. Mit seinem Stöhnen drang ein Schuldgefühl in mein Herz. Als würde jemand mich ununterbrochen zurechtweisen. Mein Brustkorb verengte sich. Als ich mich nach rechts drehte, fiel es mir plötzlich ein: »Was, wenn Großvater und Großmutter uns gehört haben?« Ich schämte mich. Ich staunte über meine eigene Nacktheit und hielt inne. Als ich aus dem Nebenzimmer die Stimme meiner an Großvaters Bett wachenden Großmutter hörte, wie sie sagte: »Eyüp, schlaf doch ein wenig«, dachte ich, dass sie uns bestimmt gehört hatten. Eine Kuh stieß abgehackte Muhgeräusche aus. Ganz nah hörte ich die Stimme eines Fuchses. Ein paar Hunde stießen ein lang gezogenes Heulen aus. Sie wurden lauter, als vor unserem Haus die Geräusche von Leuten ertönten, die durcheinanderliefen. »Sie sind da! Sie sind da!«, rief ich und sprang aus dem Bett. Ich suchte meine übers Zimmer verstreuten Kleider zusammen und zog mich schleunigst an. Ich stieß Havva an, die immer noch auf dem Gesicht lag. Ihr Haar war auf dem Bett ausgebreitet. »Havva, steh auf! Steh auf! Sie sind da!«, rief ich. Sie drehte sich nach links und schaute mir schlaftrunken ins Gesicht. Sie bedeckte mit ihren beiden Händen ihre Brüste und sprang aus dem Bett.

MÜSLÜM

Ich kann nicht schlafen. Ich habe Angst.

PEYRUZE

Ich starre die Decke an. Ich kann nicht schlafen. Es ist laut. Ein Hund bellt. Eine Eule ruft in großen Abständen, als würde sie immer unterbrochen. Ganz weit in der Ferne jault ein Fuchs. Ein starker Wind weht, die Blätter rauschen, eine Mücke summt an meinem Ohr vorbei, Eyüp atmet stockend, aus dem Nebenzimmer kommt Flüstern.

Als Cemşid sagte: »Sie werden das Dorf anzünden, lass uns weggehen«, hat Eyüp ihm nicht geantwortet. Er war still. Er hat sich innerlich zurückgezogen. Am Abend wollte ich ihm seine Medizin geben, er wollte sie nicht, hat sich gewehrt, hat mich weggestoßen. Hat die Bettdecke übern Kopf gezogen. Dabei hat er mich nicht einmal angeguckt. Ich konnte ihn nicht allein lassen in diesem Zimmer. Ich blieb bei ihm. Ich wartete, ob er vielleicht reden würde, aber er hat wirklich gar nichts mehr gesagt. Als ich seine Hosen gewechselt habe, war er regungslos wie ein Toter. Dabei hat er sich doch sonst immer geschämt, ist wütend geworden und hat geschrien. Ich hab seinen geschundenen Rücken abgewischt. Er hat nicht einmal geseufzt. Er war einfach still.

Aus dem Nebenzimmer kommen Geräusche. Die Geräusche werden immer lauter. Havva und Cemal schlafen noch nicht. Was machen die wohl um diese Uhrzeit? Ob sie wohl? Nein, nein, Peyruze, denk so was nicht. Denk doch nicht an so was. Schließ deine Augen und schlaf. Es ist nichts. Die Geräusche werden immer lauter. Das quietschende Bettgestell frisst mein Gehirn auf. Das Gestöhne, die unterdrückten Schreie wachsen in meinen Ohren. Eyüp ist aufgewacht, hat den Geräuschen gelauscht und sich dann mit einem Schnauben umgedreht. Damit er nicht traurig wird, die Geräusche nicht hört, hab ich seinen Kopf umgebettet und um seine Ohren einen Lappen gewickelt. Denk nicht daran, Peyruze! Lass es sein! Schlaf ein wenig.

Ich stand auf und schlug die Sure Ya-Sin auf, wo die Seiten schon eingerissen sind. *Ya-Sin w-al-qur'an al-hakim innaka lamin al-mursalin.* Das abgehackte Atmen, das Stöhnen und die Schreie sind noch ein wenig lauter geworden. Havva stöhnte: »Cemal, Cemal!« Ich konnte nicht lesen. Also schloss ich meine Augen und wartete, dass der Schlaf kam.

HAVVA

»Havva, steh auf! Steh auf! Sie sind da!«, rief er. Mit beiden Händen bedeckte ich meine Brüste, sprang aus dem Bett und holte mein Kleid. »Ausgerechnet jetzt«, maulte ich und zog mich an. Ich schämte mich. Als ich dem angekleideten, voller Anspannung wartenden Cemal ins Gesicht schaute, schaute er beschämt zu Boden, als hätte ich ihn auf frischer Tat ertappt. Ich spitzte meine Ohren für die Geräusche, die von draußen hereindrangen. Als Cemal etwas sagen wollte, machte ich »Psssst«. Aus Cemşids Haus kam Lärm. Dann werden sie die wohl zuerst überfallen haben, dachte ich mir. Ich ordnete mein Haar. Ich fragte mich, ob ich noch duschen sollte. Ich wollte nicht unrein in den Tod gehen. Cemal hatte sein Hemd angezogen und saß auf dem Bettrand. »Cemal, was machen wir in der anderen Welt, wenn wir unrein sterben?«

Cemal drehte seinen Kopf weg, horchte auf die Geräusche draußen, starrte dabei an die Decke und schnaubte. »Cemal, das war doch wirklich nicht der richtige Augenblick. Was machen wir denn jetzt?«, sagte ich. Cemal sprang auf und sagte: »Heute Nacht werden sie unser Dorf mit allen Häusern und allem Drum und Dran verbrennen. Und was machen wir für einen Mist?!« Dabei starrte er mir ins Gesicht, als wäre ich die allein Verantwortliche. Ich knuffte Cemal und sagte: »Halt doch mal den Mund, Cemal. Ich bin unrein.« Der wütende Cemal von eben war weg. Er nahm meine Hand. »Lass uns ins Bad gehen. Erst ich, dann du. Wenn wir sterben müssen, meinetwegen, aber wenigstens sollten wir gereinigt in den Tod gehen«, sagte er.

Er stand auf, kam zu mir, nahm mich in den Arm und küsste mich. Er strich mir durchs Haar. Als er meine Brüste streichelte und mir den Hals küsste, hielt ich seine Hände fest. »Hör auf, Cemal«, wies ich ihn zurecht. In Cemşids Haus stürzte irgendetwas zu Boden. Die Hunde bellten. Die Eule rief noch zwei Mal. Ich befreite mich aus Cemals Händen und lief ins Bad. Ich zog mich ganz schnell aus. Ich fror. Ich goss kaltes Wasser über mich. Ich zitterte. Meine Muskeln verkrampften sich. Ich nahm die ganze Waschung vor. Dann trocknete ich mich mit einem Handtuch. Ich zog mich so schnell an, wie ich konnte. Cemal stand wie erstarrt in der Zimmermitte. Ich brachte ihn aus dem Gleichgewicht und sagte: »Cemal, jetzt geh schon und wasch dich!« Cemal fing sich wieder und umarmte mich. Ich erlaubte ihm nicht, mich zu küssen und zu streicheln. »Geh und wasch dich. Lass uns nicht unrein sterben«, sagte ich lächelnd. Widerwillig ging er ins Bad. Ich lauschte dem Spritzen des Wassers und den Geräuschen von draußen. Ich ging ans Fenster und schaute hinterm Vorhang vorsichtig nach draußen. Jemand, der im Laufschritt vom Bach herkam, stürzte in Cemals Haus.

Nach einiger Zeit stürzte er wieder aus dem Haus und rannte zurück zum Bach. Die Hunde bellten, die Kühe jammerten, ich zog den Vorhang wieder zu und ging ins Bett. Ich legte mich auf den Rücken. Cemal hatte sich nicht abgetrocknet, bevor er aus dem Bad kam. Er zitterte, seine Zähne klapperten. »Zieh dich an, Cemal, sie sind da«, flüsterte ich. Cemal zog sich hastig an, ohne sich abzutrocknen. Ich trocknete mein Haar. Ich legte meine Ohrringe und meine Halskette an und setzte mich neben Cemal auf die Bettkante. Ich hielt seine Hände ganz fest und wartete darauf, dass sie kämen.

EYÜP

Ich bin bettlägerig. Seit Tagen liege ich auf dieser Wollmatratze auf dem Boden. Ich bin aufgebraucht. Meine Haut ist dunkel angelaufen. Meine Knochen ziehen. Meine Schmerzen lassen gar nicht mehr nach. Meine Knochen brennen im Feuer. Mein Rücken ist ganz wund. Mein Fleisch ist faulig. Meine Wunden schließen sich nicht mehr. Sie sind voller Maden. Aus meiner berstenden Haut trieft der Eiter. Schmerz ist das Gewand, in das ich gekleidet bin. Meine Knochen sind von innen hohl. Mein fauliges Fleisch stinkt.

Es stinkt … Der Gestank ist überall hineingezogen. Er hat sich in den Mauern, in der Decke und in den Möbeln festgesetzt. Sooft sie das Zimmer auch durchlüften, den Gestank kriegen sie nicht mehr raus. Peyruze hat, damit der Gestank vergeht, vors Fenster Basilikumtöpfe gestellt. Havva hat so oft alles abgewischt und geputzt, aber den Gestank kriegt sie nicht raus. Wer auch immer mich besuchen will, bekommt, sobald er das Zimmer betritt, einen Gesichtsausdruck, als hätte er Sodbrennen. Sie ziehen den Mund zusammen und halten sich mit den Fingern die Nase zu. Sie wollen so schnell wie möglich wieder aus dem Zimmer raus. Ach, ich seh das ja alles, aber als hätte ich nichts von alldem gesehen, gehört und wüsste nicht, was vor sich geht, starre ich die ganze Zeit die Decke an, die

Risse in der Decke, die Flecken bei den Rissen, die Muster der Flecken, die Flügel des Ventilators in der Mitte der Decke des Zimmers, den Rappen an der Wand, Amar und Sara auf dem Rücken des Rappen. Ich stelle mir vor, auf den Rücken von Ba zu springen und mit ihnen vor diesem Zimmer, diesem Bett, diesem Gestank zu fliehen. Meine Krankheit, meine Schmerzen, meine Hilflosigkeit ließe ich zurück und flöge auf dem Rücken des Rappen hinfort. Das stelle ich mir vor, und doch erinnere ich mich, dass ich auf einer Wollmatratze auf dem Boden liege und nicht mehr aufstehen kann und ohnmächtig bin. Wie ein durchs offene Fenster eindringender Spatz, der sich zerreißt, um so schnell wie möglich wieder den Weg nach draußen zu finden, pralle ich gegen die Wand.

Die Welt ist schön, doch ich verlasse sie.

Es war einmal,
es war keinmal

Die Hoffnung, weiter zu existieren, und der Hauch der Lebendigkeit sind aus seinen Augen gewichen. Er starrt nicht mehr an die Decke, die Wände, auf die wehenden Vorhänge; er hat keine Schmerzen mehr, er stöhnt nicht mehr, er beschwert sich nicht mehr. Eyüp liegt einfach nur schweigend da und scheint in die Leere versunken. Peyruze spricht ihn an: »Eyüp, Eyüp!« Er hebt seinen ins Kissen vergrabenen Kopf ein wenig und lächelt wehmütig. Peyruze schiebt ihm den Löffel voller Sirup zwischen die Lippen. Eyüp mag nicht, er wehrt sich, er presst seinen Mund ganz fest zu und hält Peyruzes Hände fest. Da Peyruze ihm auf Gedeih und Verderb den Sirup einflößen will, fließt er von seinen Lippen herab über seinen Hals. Peyruze wischt ihm den Mund ab. Sie holt eine Pille aus der Medikamententüte und öffnet ihm mit Gewalt den Mund, um die Pille zwischen seine trockenen Lippen zu stecken. Sie flößt ihm Wasser ein, damit er die Pille schluckt. Eyüp wehrt sich, er versucht, die Pille auszuspucken. Als Peyruze ihm den Mund zupresst, hält er die Pille auf der Zungenspitze und wartet. Als sie denkt, er habe die Pille geschluckt, und aufsteht, richtet sich Eyüp ein wenig auf und wirft sie in den Basilikumtopf am Fenster und bekommt einen Hustenanfall. Ihm bleibt die Luft weg, sein Gesicht verzieht sich. Peyruze kehrt zu ihm zurück, hält seine Hände ganz fest und schaut zärtlich in seine Augen, auf sein Gesicht, auf sein Haar. Damit er besser atmen kann, streichelt sie seinen zerschundenen Rücken und versucht ihm Wasser zu trinken zu geben. Eyüp trinkt nicht, das Wasser sammelt sich in seinem Mund und sickert dann durch seine Lippen über seinen Hals und von dort auf seine Brust. Peyruze wischt Eyüps Mund, seine Lippen, seinen Hals und seine Brust mit einem Tuch trocken. Hilflos schaut sie ihn an. Sie weiß nicht, was sie noch tun kann, und fragt: »Soll ich Kasım rufen?« Eyüp antwortet nicht, er schweigt. Dann wendet er seinen Blick von ihr ab und schaut auf den Wandteppich, auf den galoppierenden Rappen mit Amar und Sara auf seinem Rücken. Peyruze berührt die Basilikumblätter, sie streichelt sie und saugt den Duft ein. Sie rückt ihr Kopftuch zurecht und horcht auf die Geräusche, die aus dem Nebenzimmer zu ihr dringen.

Cemal läuft voller Kummer auf und ab. Er ist so traurig, so ängstlich und des Wartens so müde, dass er nicht mehr denken kann, sein Gesicht ist völlig derangiert. Er tigert wirr durchs Zimmer. Jetzt rennt er vors Fenster und schirmt mit seiner Hand seine Augen ab, um in die Ferne zu blicken. Dabei hält er den Atem an. Dann holt er tief Luft, als wäre er beinahe erstickt. Er zieht den Vorhang wieder lückenlos zu. Sein Gesicht, seine Augen, seine

Seele, seine Stimme sind von Finsternis befallen. Ihm ist schwindelig, seine Lippen sind angespannt, auf seiner Stirn steht Schweiß, ihm ist übel, sein Brustkorb zieht sich zusammen, seine Schultern schmerzen. Er massiert seine zitternden Beine, er hebt den Stock vom Boden auf und umklammert ihn mit aller Kraft. Er schließt seine Augen und führt in jede Richtung Schläge in die Luft aus. Er hält inne und horcht, ob er etwas hört, dann nimmt er einen tiefen, tiefen Atemzug. Er beißt die Zähne zusammen. Sein Gesicht ist angespannt, in seinen Augen steht Unruhe. Er hält seinen Atem an, presst seine Augen zu und zieht die Nase hoch. Er zittert. Und zwar richtig. Er zittert wie ein tanzendes Skelett. Er teilt mit dem fest umklammerten Stock schnelle Schläge auf seinen Rücken, seine Schultern, seinen Brustkorb, seine Arme, seinen Kopf, seinen Bauch und seinen Hals aus. Sein Gesicht läuft blau an. Von seiner Stirn und aus seinem Haar perlt der Schweiß. Aus seinen zusammengepressten Lippen zischen Laute. Er stöhnt, er knirscht mit den Zähnen. Sein Gesicht ist puterrot. Seine Augen sind riesig. Flüche ausstoßend schmeißt er den Stock gegen die Wand. Atemlos zieht er die Nase hoch. Seine Arme hängen schlaff herunter und sein Kopf ebenso. Sein Herz pocht wie unter Ambossschlägen. Mit letzter Kraft hebt er die Arme und beginnt seinen tauben Rücken, seine zitternden Beine, seinen engen Brustkorb zu dehnen, seinen Achterbahn fahrenden Kopf und seinen schmerzenden Hals zu massieren, und die Tränen, die sich in seinen Augen gesammelt haben, mit dem Handrücken abzuwischen. Das Blut aus den aufgebissenen Lippen spuckt er auf den Boden. Wütend öffnet er die Truhe und wirft die darin aufbewahrten Kleider durch die Gegend. Er zieht ein weißes Hemd an und darüber einen grauen Pullover. Er sucht die im Zimmer verteilten Kleider mit den Augen ab. Er ist unentschlossen. Er zieht seinen schwarzen Mantel mit den abgewetzten Ärmeln an, richtet den Kragen, krallt sich dann wieder an den Stock. Seine Hand aber zittert. Seine Halsschlagader ist so geschwollen, dass sie zu bersten droht. Wieder führt er Schläge in die Luft aus und lauscht auf das schneidende Geräusch. Er knüllt das weiße Taschentuch zu einem Ball zusammen, stopft ihn sich in den Mund, hält den Atem an, presst die Zähne aufeinander und lässt den Stock wieder flink auf seinen Rücken, seine Arme, seinen Brustkorb, seine Schultern und seine Knie niederprasseln. Er stöhnt bei jedem Schlag, sein Gesicht ist rot angelaufen und schmerzverzerrt. Die Adern an Hals und Stirn sind angeschwollen, und aus seinen Augen rinnen die Tränen. Er zieht die Nase hoch, beißt aufs Taschentuch und lässt den Stock auf seinen Magen, seine Arme und Beine knallen. Er nimmt das Taschentuch aus seinem Mund, flucht laut und wirft den Stock in die Ecke. Er zieht den Mantel aus und wirft ihn wütend zu Boden. Er ohrfeigt sich, schlägt sich auf den Kopf, er beißt sich auf die Lippen, tritt auf den Mantel ein, sinkt auf die Knie und heult laut.

Er lauscht den Geräuschen. Als draußen die Leute

durcheinanderrennen, murmelt er: »Jetzt sind sie da«, zieht die Nase hoch, wischt sich die Tränen ab und läuft ans Fenster. Ängstlich öffnet er einen Spalt in den Gardinen, schirmt mit der Hand die Augen ab, wirft einen Blick zwischen den Häusern hindurch auf den Berg Amar. Die dunklen Schemen fließen ineinander, er schaut nach links und nach rechts und weicht vom Fenster zurück. Über seinen grauen Pullover zieht er noch schnell den braunen, mit dem Taschentuch wischt er sich die Tränen aus dem Gesicht, den Schweiß von der Stirn, aus dem Haar und vom Hals, das Blut von den geplatzten Lippen. Er zieht auch den schäbigen alten Pullover über, auf den sein Blick fällt, weil er am Haken hängt, darüber die grüne Weste und dann den Mantel. Er hebt den Stock und drischt ihn noch ein paar Mal durch die dicke, angespannte Luft, lauscht dem schneidenden Geräusch. Dann schlägt er mit dem Stock wieder auf seinen Rücken, seine Arme, seinen Brustkorb und seine Beine ein, beißt die Zähne aufeinander und atmet tief durch. Sein Gesicht läuft wieder rot an. Tränen rinnen über seine Wangen. Er hört auf. Wieder wischt er sich den Schweiß aus dem Gesicht, aus dem Haar. Er tritt auf die Kleider am Boden ein, reißt sich den Mantel vom Leib und läuft zum Fenster. Die Vorhänge wehen auseinander, und dahinter sieht er die Silhouette Havvas.

Havva murmelt: »Sie kommen, sie kommen« und läuft durch das andere Zimmer. Sie geht zum Fenster und starrt auf den Berg Amar. Ihr Blick ist verhangen, ihr Gesicht bleich und wehmütig. Sie rückt ihr Tuch zurecht und schluckt. Sie wischt sich den Schweiß aus dem Gesicht, vom Hals. Sie stellt sich vor die Truhe, die an der Wand neben der Tür steht. Dann lässt sie von ihrem Vorhaben ab und durchquert zweimal das Zimmer. Sie bleibt stehen und dreht sich um und starrt nachdrücklich auf die Truhe. »Nein, nein!«, sagt sie und rennt zur Tür. Geht nicht hinaus. Sie ist unentschlossen. Sie vergräbt das Gesicht in den Händen. Sie kehrt um und geht vor der Truhe aus Walnussholz in die Hocke. Sie öffnet das Schloss und hebt den schweren Truhendeckel. Sie schaut auf ein paar Bündel, gelbe Schachteln und Kleider in der Truhe. Das rote Bündel wirft sie neben sich auf den Boden, das schwarze hinter sich. Das weiße Bündel legt sie auch um ein Haar beiseite, dann entscheidet sie sich anders. Sie hält inne. Sie nimmt das Bündel und öffnet es. Darin ist ein Batisttuch mit bestickten Rändern und großen roten Rosen in der Mitte. Sie faltet es ganz auf, berührt die Stickereien und faltet es wieder zusammen, bevor sie es auf die Truhe legt. Sie öffnet ein anderes Batisttuch. Eine riesengroße Schahmeran. Havva verliert sich in den tiefschwarzen Augen der Schlangenkönigin Schahmeran. Sie faltet den Batist hübsch zusammen und legt ihn auf die Truhe. Sie nimmt das große Tuch, das ganz unten im Bündel lag, und entfaltet es, diesmal ist es ein Rappe, der sich aufbäumt; seine Mähne weht zur Seite, sein Schopf fällt ihm in die Stirn. Die vier Ecken des Batisttuchs sind mit feinem Häkelwerk verziert. Auch dieses Tuch faltet sie zusammen und legt es auf den Boden. Die restlichen Tücher steckt sie wieder in das Bündel und nimmt es an sich.

Sie reckt sich weit in die Truhe hinein. Sie hebt einen Karton mit alten Kleidern hoch und holt den in ein weißes Tuch gewickelten Dolch hervor, der ganz unten in der Truhe liegt. Sie legt den Dolch auf den Batist mit dem aufgebäumten Rappen. Alle Gegenstände, die sie im Raum verteilt hat, die Bündel, die sie neben sich gelegt hatte, den Krimskrams, der noch in der Truhe war, und die lädierten Kartons, platziert sie wieder in der Truhe. Wehmütig erinnert sie sich daran, wie Opa Eyüp sagte: »Dieser Dolch wurde in sieben Wassern gehärtet, sein Schaft ist mit Smaragden besetzt, dieser Dolch hat nicht seinesgleichen.« Mit ihren Fingern berührt sie die Smaragde, sie schließt die Augen und zieht den Dolch langsam aus seiner Scheide. Ein schneidendes Geräusch ist zu hören, und nachdem es verklungen ist, streut der Glanz des Dolches einen Strauß Licht durchs Zimmer. Havvas Antlitz spiegelt sich in dem Dolch. Sie öffnet ihre Augen und berührt die Verzierungen von Schaft und Griff, auch die stechende Spitze und die scharfe Schneide. Mit beiden Handflächen umschließt sie den Schaft und hebt ihn in die Höhe. Der Dolch bleibt in der Luft, mit einer solchen Spannung, dass er fast in ihre zitternde, schwitzende Brust niederstürzt. Sie presst ihre Augen fest zusammen und führt die Dolchspitze zwischen ihre Brüste. Sie blinzelt und öffnet ihre Augen. Mit starrer Miene nimmt sie ihr Tuch vom Kopf und fährt mit den Händen durch ihr dichtes, langes Haar, riecht daran und kämmt es mit den Fingern. Ihr Gesicht verzieht sich. Sie zittert unter den Schluchzern, die sich in ihrer Brust angesammelt haben. Während sie langsam, ganz langsam mit ihren Fingern ihr Haar kämmt, perlen von ihren Lippen die Worte eines Liedes: *Lê lê Rihê*, du bist meine Seele. Während ihr Tränen die Wangen herunterlaufen, nimmt sie eine Strähne ihres Haars und schneidet sie mit dem Dolch ab. Sie hält den Dolch wie einen Spiegel vor ihr Gesicht, betrachtet ihre Haare, ihre Augen, ihre Nase, ihre Stirn, ihre Grübchen, lächelt bitter und schneidet voller Wut ihre Haare, wie sie ihr gerade in die Finger fallen, an den Seiten, hinten, vorn. Wie tote Vögel fallen ihre langen, pechschwarzen Haare auf den Boden. Havva erstickt fast an ihren Tränen.

Sie rennt in die Küche und kratzt am Ruß unterm Kessel, sie schmiert ihn sich ins Gesicht, auf die Stirn, auf die Nase, die Augenlider, die Wangen, den Hals. Wieder hält sie den Dolch wie einen Spiegel vor ihr Gesicht. Ihre Augenlider zittern wie Espenlaub. Sie weint. Sie wischt sich die Tränen ab, küsst den Dolch und drückt ihn an die Brust. Sie schlägt ihn in ein weißes Samttuch ein, dessen Ränder mit roten Blümchen verziert sind. Sie versteckt ihn an ihrem Leib. Ihre rußverschmierte Hand wischt sie an ihrem Kleid ab, dann nimmt sie das Tuch mit dem sich aufbäumenden Rappen und klemmt ihn sich unter den Arm. Mit den Fingerspitzen tastet sie nach dem Dolch in dem rot bestickten Samttuch in ihrem Schoß. Sie lächelt bitter und schaut nach Peyruze, die das Haus verlässt.

Es regt sich kein Blatt. Die Angespanntheit ist in die Steine, die Bäume, das Wasser und die Luft des Dorfes gekrochen. Man sieht weder Katze noch Hund, weder Huhn noch Kuh, weder Pferd noch Esel auf den Gassen. Mit einer Schüssel voller Wasser in den Händen schlurft Peyruze schwerfällig vor ihr Haus. Als ihr Fuß leicht an einem Stein hängen bleibt, schwappt Wasser aus der Schüssel. Peyruze stellt die Schüssel ab, hebt ihre Hände und öffnet sie gen Himmel, sie rezitiert etwas und pustet aufs Wasser. »Amen, Amen«, sagt sie und wischt mit ihren geöffneten Handflächen über ihr Gesicht. »Bismillah«, sagt sie und sprenkelt das Wasser aus der Schüssel über die Hauswand. Von ihren Lippen purzeln Gebete. Als das Wasser aufgebraucht ist, stellt sie die Schüssel vor die Tür mit dem Hirschgeweih, sagt noch einmal: »Bismillah«, holt die in ein Tuch eingeschlagenen Amulette aus ihrem Kleid hervor und versteckt sie in den Ritzen der steinernen Mauer. Nach jedem Amulett, das sie so verstaut, öffnet sie ihre Hände gen Himmel, spricht ein Gebet und pustet lange auf die Amulette. Sie geht ins Haus und kommt mit einem alten Koran zurück, dessen Seiten eingerissen sind. Sie küsst die schon losen Blätter und faltet sie ganz klein zusammen. Während sie sie in die Ritzen der Steinmauer stopft, schaut sie immer wieder zum Friedhof hinüber.

Der Friedhof ist ganz still. Die Blätter der Eichenbäume rauschen im Wind. Eine Grille zirpt. Man hört Schaufelgeräusche. Dann sieht man Amars Kopf in einem Grab. Mit einer Schaufel wirft er die ausgehobene Erde beiseite. Die Erde wird vom Wind gewürfelt. Amar hebt die Hacke und sticht sie ins Erdreich. Man hört, wie die Hacke auf einen harten Stein stößt. Er legt die Hacke auf die Erde und reißt einen großen Stein heraus, um ihn aus dem Grab zu entfernen. Wieder wirft er die gelockerte Erde mit der Schaufel aus dem Grab. Dann steigt er heraus. Schaufel und Hacke wirft er beiseite. Er klopft sich Lehm und Staub von der Kleidung. Er reibt sich Haare und Gesicht mit den Händen, um sich zu reinigen. Sein Schatten fällt auf das Grab. Seine Arme, seine Flügel sind zerbrochen. Er dreht sich um und sinkt zu Boden. Er redet, er schweigt. Er weint, er lacht. Er wischt sich den Schweiß von Gesicht und Stirn. Er beugt sich ans Kopfende des Grabes und küsst den Grabstein drei Mal. Er zieht seine Schuhe aus und schüttet kleine Steinchen und Erdkrumen aus ihnen unter den Baum.

Er steigt ins Grab. Er hebt seinen Kopf und schaut in den Himmel, in die Bäume, in die Wolken, zu den Vögeln, auf die Berge. Er kauert sich hin, setzt sich und streckt die Beine aus, er legt sich auf den Rücken. Er atmet tief, ganz tief. Er liest Steinchen auf, die ihn in den Rücken stechen, und entfernt sie aus dem Grab. Einige Steinchen fliegen weit weg, andere prallen an den Wänden des Grabes ab und fallen wieder hinein. Amar schließt seine Augen und schützt sein Gesicht mit den Händen. Erde, die sich von den Wänden des Grabes löst, rieselt auf ihn nieder. Er hustet. Er reinigt sich von Lehm und Staub und kneift seine Augen zu. Über Stirn, Gesicht und Lider huscht das Glück vergangener Tage. Es weht eine leichte Brise herüber, die Blätter rauschen, die Grille zirpt, ein paar trockene Gräser und Blätter, die der Wind herüberträgt, wehen auf ihn herab. Er öffnet seine Augen, als wache er aus tiefem Schlaf auf, und schaut in den Himmel, auf die wandernden Wolken und den Adler, der seine Kreise in der Luft zieht. Mit einem breiten Lächeln im Gesicht sagt er: »Ich komme. Ich komme, meine Schmuni!« und schließt die Augen.

Cemşid steht mit einem aufgerollten Teppich auf dem Rücken unter einem Baum. Er schaut auf die Kleider, die eingerollten Matratzen und gefalteten Teppiche, die in den Ästen hängen, ebenso wie die schmutzigen weißen Mehlsäcke, in denen Geschirr und Töpferwaren, bunte Wasserkanister und zwei blaue Karaffen verstaut sind. Schüsseln hängen an Seilen von den Ästen, und Cemşid sieht noch all den Hausrat, der in der Baumkrone untergebracht werden muss. Er lädt den Teppich von seiner Schulter ab und klopft sich den Staub von der Kleidung. Er lehnt den Teppich an den Baumstamm, klettert hoch und hievt den Teppich nach oben. Er klemmt ihn zwischen zwei Äste und bindet ihn mit Seilen fest, damit er nicht runterfällt. Er schiebt eine eingerollte Matratze auf einem oberen Ast mit der Hand weiter nach rechts. Er steigt vom Baum und nimmt den Topf mit der Teepflanze, der unterm Baum steht, unter den Arm. Damit geht er zu seiner Frau. Er lockert die Blumenerde mit seinen Fingern auf, damit sie atmen kann. Er reißt ein paar gelbe Blätter ab und gießt die Pflanze mit Wasser aus einem der Krüge, trinkt gierig den Rest. Er atmet tief durch. Er kramt ein schmutziges Taschentuch hervor und wischt den Schweiß von Stirn, Gesicht und Hals, als müsse er ihn mit Gewalt abschrubben. Er knüllt das Taschentuch zusammen und lässt es fallen. Er holt die Tabaksdose aus der Gesäßtasche und dreht sich eine Zigarette, steckt sie sich zwischen die Lippen, zündet sie an und nimmt mehrere tiefe Züge. Er bläst den Rauch in die Luft und spuckt Tabakkrümel aus. Er schaut nach den Sachen, die in der Baumkrone verstaut sind, auf die Schüsselchen, die provisorisch an Seilen herunterbaumeln, und kontrolliert, ob es noch Gegenstände gibt, die er im Haus vergessen hat. Er lächelt beruhigt, weil er all seine Habe in der Baumkrone verstaut hat. Sakine holt aus einer Tasche ihres Kleids eine Schnupftabakdose und schnupft. Ihre Augen tränen. Sie niest drei Mal und schnupft noch einmal. Kinderstimmen schrecken sie auf. Sie erhebt sich.

Azad, Ilyas und Mirza ziehen den in ein Betttuch eingeschlagenen Fernseher in einem Handkarren. Als Resul, der hinkend hinter ihnen herkommt, schreit: »Wartet auf mich! Bleibt stehen!«, hält Ilyas den Karren an und macht mit seinem Zeigefinger auf den Lippen ein Zeichen, dass Resul still sein soll. Resul brüllt wieder. Ilyas nimmt einen Stein vom Boden, zischt »Still!« und wirft den Stein auf Resul. Resul ist still. Ilyas zieht den Handkarren weiter. Mirza und Azad stützen den Fernseher rechts und links. Sie kommen in die Nähe der Höhle, die auf dem Weg runter zum Bach liegt. Die Kinder tragen den ins Bettlaken eingeschlagenen Fernseher zur Höhle am Bach. Sie sprechen nicht. Sie verständigen sich mit Handbewegungen. Vier Kinder, in sich versunken, die schweigen. Als ob jemand sie aus der Ferne hören oder sehen könnte. Sie tragen den Fernseher bis zum Höhleneingang. Sie schleppen den Fernseher bis zur hinteren Ecke der Höhle. Dort legen sie einen Stein darauf und bedecken ihn dann mit trockenem Gestrüpp.

Die Kinder graben eine tiefe Grube in der Höhle. Ilyas schüttelt den Sack zwei Mal rasch aus. Mehlstaub fliegt durch die Luft. Resul holt einen roten Lastwagen, dem ein Reifen fehlt, und ein blaues Taxi mit fehlenden Fensterscheiben hervor. Er hat sie an seinem Leib getragen. Er stellt den Lastwagen auf den Boden, macht »Brumm, brumm« und fährt ihn ein paar Mal. Ilyas reißt ihm den Lastwagen aus der Hand und wirft ihn in den Sack. Resul gibt sein Taxi ohne Fensterscheiben nicht her. Er versucht es sich in die Hose zu stopfen. Ilyas lässt nicht locker: »Jetzt gib schon her. Los!« Resul wirft sich auf den Boden und rollt sich über seinem Spielzeug zusammen. Azad fasst ihn am Rücken und zerrt ihn hoch, Ilyas versucht ihm das Taxi zu entreißen. Mirza ist sauer auf die anderen. »Lasst ihn doch, soll er sein Taxi doch mitnehmen, dann werfen sie es halt ins Feuer!«, schreit er. Die drei hören auf, sich zu balgen. Resul fragt Mirza: »Werden sie das Auto auch ins Feuer werfen?« Mirza antwortet: »Ja, sie werfen es ins Feuer. Hat mein Papa gesagt.« Resul küsst sein blaues Taxi, wischt sich die Tränen ab und wirft es in den Sack. Mirza legt seine kaputte Spielzeugpistole und das hölzerne Pferd, das sich auf die Hinterbeine bäumt – sein Vater hat es ihm mit dem Messer aus Walnussholz geschnitzt – in den Sack. Resul holt das Holzpferd wieder heraus, ahmt tagadak tagadak ein laufendes Pferd nach und wiehert. Mirza nimmt ihm das Pferd aus der Hand und wirft es in den Sack zurück. Ilyas stopft seine Fußballspieler-Sammelkarten und sein gelb-rotes Trikot in den Sack, Azad gibt seine Armringe und seine Halskette sowie sein Trikot hinzu und Resul seinen Fußball. Ilyas und Mirza buddeln den Sack mit den Spielzeugen, Trikots, Armringen und dem Ball in der Grube ein. Auf die Grube legen sie Steine, Kleinholz und trockenes Gestrüpp. Azad sagt: »Die Schwerter, Dolche und Cowboypistolen nehmen wir mit.« Ilyas und Azad heben die geschnitzten Dolche auf und stecken sie sich in den Hosenbund. Azad zieht eine Pistole und schießt »tschiuuu«, Ilyas lässt sich fallen, als wäre er getroffen. Resul und Mirza spielen mit den Holzschwerten, die sie aus Eichenholz gemacht haben. So laufen sie zurück zum Dorf.

Müslüm ist außer Atem … Zwischen den Felsen überm Dorf … Das bleiche Gesicht matt, verkrampft, angespannt, wehmütig … Die Adern an seinem Hals geschwollen, die Augen riesig … In seiner Hand ein Käfig mit zwei Steinhühnern. Die Steinhühner recken den Hals und schauen sich um. Müslüm rennt. Er bleibt stehen. Er rennt zum grauen Felsen, um sich dahinter zu verstecken. Wie ein großer Totenkäfer klammert er sich an den Felsen. Er bewegt sich nicht, er schaut auf den Berg Amar, aufs Dorf, auf die Eichenbäume. Ein Vogelschwarm zieht vom Berg Amar her laut schreiend ins Tal hinab. Dutzende von Schlangen und Eidechsen kriechen mit hochgereckten Köpfen in Richtung Tal. Müslüm beobachtet den Adler, der über ihm Kreise zieht. Der Adler hat seine Flügel geöffnet und schwebt durch die Luft. Müslüm glaubt, dass er aus der Ferne, sogar von ganz weit her zu sehen sein muss, und flucht. Er spuckt aus. Seine Knie zittern. Sein Herz pocht, als würde es aus seinem Leib springen. Ihm ist schwindelig. Atemlos duckt er sich, kommt hinter dem Felsen hervor und rennt auf die Höhle weiter unten zu. Er verkriecht sich in die finsterste Ecke und legt sich auf den Bauch wie ein Tier, das auf Beute lauert. Er hält den Atem an und lauscht. Die Ungewissheit der Finsternis, die List der Schlangen, die Schrecklichkeit der Skorpione und die barbarischen Taten derjenigen, die da kommen, schießen ihm durch den Kopf. So wie er da liegt, zittert er an Mark und Bein. Sein Mund ist trocken. Sein Hals schmerzt. Sein Herz schlägt wie eine Kesselpauke. Er steht auf, klopft sich den Dreck ab und will fliehen.

Dann bleibt er stehen, er wartet. Er kann sich nicht entscheiden, was er tun soll, wo er sich verstecken soll. Verdutzt schaut er sich um. Mit dem Steinhuhnkäfig in der Hand, rennt er zuerst nach rechts, dann wendet er sich um und rennt nach links, dann wieder nach rechts, dann nach links. Er bleibt stehen. Er rennt nach links. Er rennt nach rechts. Er bleibt stehen. Er rennt nach links. Er rennt nach rechts.

Am Boden riesige Eichenbäume, Äste daneben wie gebrochene Arme, Rauch quillt aus den Leibern der Bäume … Der Wind verweht die Asche verbrannter Gräser, Blätter, Zweige. Alles ist still … Eine von innen ausgebrannte Schildkröte in tiefschwarzem Panzer liegt reglos wie ein Stein im verbrannten Unterholz. Der Rücken des ins Dickicht geflohenen Hasen ist versengt, er wirkt, als wolle er losspringen und weglaufen, seine beiden Augen sind leere Höhlen … Die auf der Flucht von den Flammen eingeholte Schlange verkohlte mit vorgestrecktem Kopf. So angespannt wirkt ihr Leib, als würde sie im nächsten Augenblick losschlängeln. Der Wind trägt ein wenig von ihrer Asche fort. Die Eidechse, die in einen Felsspalt huschte, ist ein tiefschwarzes Stück Kohle. Sie hängt da, als würde sie zerfallen, sobald sie sich bewegt.

Auf dem Stein unterm Baum eine geröstete Mandel und direkt daneben drei verkohlte Eicheln. Im Wind fliegen die versengten Ameisen wie Spreu durch die Gegend. Der zwischen zwei Ästen am verkohlten Baumstamm versteckte Specht ist so still und traurig wie nie zuvor. Sein glänzendes Gefieder ist verbrannt, seine Flügelspitzen nachtschwarz, sein Kopf ist auf seine Brust gesunken, sein

Schnabel geröstet, seine Augen ausgetrocknet … In einem halb verbrannten Nest zwischen den Zweigen drei dunkel angelaufene Eier … Das Küken, das den Kopf aus der geplatzten Eischale gereckt hat, in unendlicher Stille.

Ein Eichhörnchen mit versengtem Schwanz, Bart und Rücken hüpft zwischen den schwarzen Gräsern, dem verkohlten Unterholz und den geborstenen Ästen. Verwirrt schaut es umher. In seinen Vorderpfoten hält es eine verkohlte Eichel und knabbert daran, wirft sie weg und läuft weiter. Es bleibt unter dem verbrannten Baum stehen, in dessen Geäst sich der Specht versteckt hatte. Es schnuppert an der gerösteten Mandel am Boden. Es klettert langsam an dem Eichenbaum hoch, dessen Stamm nur zum Teil verbrannt ist und dessen Äste noch kein Feuer gefangen haben. Es erklimmt den höchsten Ast dieses riesigen Baumes, der sich bis in den Himmel reckt. Es streckt seinen angesengten Schwanz in die Luft, dann presst es ihn an seinen Rücken mit seinen versengten Härchen und schaut auf das in Einsamkeit gekleidete Walnusstal, auf die verbrannten Eichenbäume ringsum und den pechschwarzen Berg Amar.

»Wann? Wann? Eines Tages!«

SAMUEL BECKETT, *Warten auf Godot*

Titel der Originalausgabe: *Günün birinde*
Umschlaggestaltung: Heidi Sorg und Christof Leistl
Typografie und Satz: frese-werkstatt.de
Druck und Bindung: CPI – Clausen und Bosse, Leck
ISBN 978-3-95614-166-9